偽聖女はもふもふちびっこ獣人を守るママ聖女となる

著 k-ing《キング》
Illustration: 緋いろ

Niseseijo ha mofumofu chibikko jujin wo mamoru mamaseijo to naru

本庄《ほんじょう》 真実《まみ》
本作の主人公。
聖女召喚に巻き込まれた後、
孤児院の管理役になる。
元看護師で、綺麗好き。
アルヴィン
公爵家の三男で、騎士団の一員。
真実の臨時護衛として
孤児院についてくる。
無愛想だが押しに弱く、
案外素直。
キキ
狐っぽい耳の獣人。
頭が良く、計算が得意。
ハム
ハムスターに似た獣人。
食いしん坊で
すぐつまみ食いをする。

橘《たちばな》聖《せい》愛《あ》
聖女として召喚された女子高生。
真実の受け持つ患者の孫。
整った顔立ちで、人の目を惹く。
トト
虎っぽい見た目の獣人。
やんちゃなちびっこの
まとめ役。
クロ
黒い犬のような耳と尻尾の獣人。
責任感のある性格で、
孤児院のリーダーをやっている。
主な登場人物
Main Characters

序章　ママ聖女、聖女召喚に巻き込まれる

「お前が聖女か？」

目を開けると、私が担当している患者《かんじゃ》のお孫さんが、鎧《よろい》を着た人達に囲まれていた。

一瞬、働きすぎて幻覚を見ているのかと思ったが、どうやら現実らしい。

いつもお見舞いに来ていた可愛《かわい》らしい彼女は、突然のことに戸惑《とまど》っている。

それも当然だろう。さっきまで私と話をしていたのに、気づいたら知らない空間にいたのだ。

高校生の彼女が突然変な奴らに囲まれて、怖くないはずがない。

「橘《たちばな》さん、大丈夫ですか？」

私は鎧を着た人達の隙間を抜け、彼女に近づく。

「看護師さん！」

橘さんは私に気づくと、ぎゅっと抱きついてきた。

「あちらの華美《かび》な女性が、聖属性《せいぞくせい》魔法《まほう》の力を持っています」

占い師が持っているような、大きな水晶を持った男が、玉座に座った中年の男に向かって何か話している。

見た目はヨーロッパの王族か貴族のようだが、日本語を話している。映画か何かの撮影だろうか。

すると、煌《きら》びやかな服を着た男が玉座から立ち上がった。

「聖女よ！　この王国のために力を貸してほしい」

聖女？

偉そうな男の言葉に、私は首を傾《かし》げる。

「どういう状況？」

「私もいまいちわかりませんが……もしかして……」

どうやら橘さんには心当たりがあるようだ。

何か情報を得ようと周囲を見回していると、玉座の隣にいた、イケメンな男性が近づいてきた。

金髪に青色の瞳《ひとみ》。高身長で服の隙間から見える筋肉に男性らしさを感じる。

海外の俳優を軽く超えた容姿に、思わず見とれてしまう。

ただ、私とそういう関係になるような年頃ではないだろう。

海外の高校生が大人っぽく見えるのと同じで、どことなく若そうな雰囲気《ふんいき》がある。

「聖女様、突然このような場所にお呼び立てしてしまい申し訳ありません。私はこの国の王子です。どうか私達に力を貸していただけませんか？　国民を守るためには、あなたの力が必要なんです」

イケメンが橘さんの目の前で跪《ひざまず》く。

彼は彼女の手を優しく取ると、手の甲に軽く口付けをした。

「はい」

橘さんは少し恥ずかしそうに首を縦に振った。

わけのわからない状況なのに、頷いてしまっていいのだろうか。

もしここでドッキリと書かれた看板を出されたら、恥ずかしくて外にも出られなくなるだろうに。

だが、一向にそんな人は出てこない。

「あなたの名前は？」

「橘聖愛《せいあ》です」

「聖愛か……聖女らしい素敵な名前ですね。さあ、こちらへ。別室に案内しましょう」

呆気《あっけ》に取られている私を置いて、橘さんはそのまま違う部屋に行くことになった。

しかし、私が隣にいないことに気づいた橘さんは、イケメンのエスコートを制止して、こちらを振り返った。

「看護師さんは――」

「おや、もう一人いたのですか。後で案内しておきましょう」

部屋の中にいた人々がざわめいている。

今やっと私の存在を認識したようだ。

一方彼女は、イケメンの言葉に納得した様子で、違う部屋に向かって歩いていった。

「そこの者はなぜここにいるんだ？」

偉そうな男が、不思議《ふしぎ》そうに呟《つぶや》いた。

それは私も聞きたい。なぜ私はここにいるのだろうか。

そしてここはどこなの？

「さっきまで働い――」

「貴様、陛下の許可もなしに話すとは、無礼な！」

口を開いた瞬間、鎧を着た男が怒鳴《どな》って私の首元に槍を向けた。

どうやらさっき話しかけてきた偉そうな男は、王様という設定らしい。

私は口を噤《つぐ》んで、突き付けられた槍を眺《なが》める。

よく見ると槍の先端が少し錆《さ》びてて不衛生。

「槍を下ろせ」

「はっ！」

王様の一言で、鎧の男は槍を下ろした。

「それで、あなたはどうしてここにいるんだ？」

「さっきまで仕事をしていたはずでしたが、いつのまにかこの部屋にいました」

私の言葉を聞いた者達は、顔を見合わせた。

「召喚対象は一人のはず……」

「偽物か……？」

王様の隣にいる男達がコソコソと話している姿を見るに、私は招かれざる客だったようだ。

ところが、不穏な空気を払拭《ふっしょく》するように、王様が私に頭を下げた。

「あなたは聖女召喚に巻き込まれてしまったようだ。すまない！」

その様子に、周りの人達があたふたしている。

「あのー、聖女召喚とは何でしょうか？」

私の質問を聞いて、王様の隣にいた男性が話し出した。

どうやら彼はこの国の宰相らしい。

宰相によると、この国では数百年に一度、大きな災いが起きると言われている。

その災いに対処できるのが、聖女と呼ばれる異世界の人なのだとか。

そして、その聖女というのが、さっきまで一緒にいた橘さんを指すそうだ。

彼女のみを召喚したつもりが、近くにいた私も引き寄せられてこの世界にやってきてしまったとのこと。

映画の撮影かと思っていたが、この真剣さを見るとそうではないようだ。

私は、聖女召喚に巻き込まれて異世界に来てしまったらしい。

しかも、元の世界に戻る方法はないと言う。完全に拉致《らち》事件そのものだ。

でもここでそれを糾弾《きゅうだん》すれば、不敬だと言われて殺される可能性がある。

さっき向けられた槍は、偽物には見えなかった。

連勤続きでぼんやりした頭をフル回転させて、何をすればいいのか必死に考える。

未《いま》だに実感はないが、元の世界に戻れない以上、私はこの世界で生計を立てなくてはいけない。

しかし、見知らぬ場所で生活していくにはとにかくお金が必要だ。

つまり、仕事に就《つ》かなくてはならない。

「あのー、帰ることができないなら、私はどうすればいいですか？　せめて仕事だけでもあれば、どうにか生活できると思うんですが」

宰相は私の言葉を聞いてしばらく考え込んだ後、難しい顔で口を開いた。

「子どもは好きかな？」

「子どもですか？」

別に嫌いではないし、担当していた患者の中にも幼《おさな》い子どもはいた。

小児科にも実習に行ったことがあるため、関わることはできるはず。

「それなりには――」

「それなら、君にぴったりの仕事を紹介しよう！」

いささか強引ではあるが、どうやら仕事を紹介してくれるらしい。

国から斡旋《あっせん》してもらった仕事なら、ある程度安全だろう。

ほっと息をつくと、宰相が別室に移動するよう促《うなが》してきたので、私は案内人について部屋を出た。

別室に案内された後、私はこれから孤児院で仕事をすることになったと説明を受けた。

その後、しばらくここで待機してくれと言われ、今後の生活について考えていると。

――トントン！

「はい！」

扉をノックする音が聞こえたため、急いで扉を開ける。

そこに立っていたのは宰相と、精悍《せいかん》な顔立ちをした男だった。

短い黒髪に、グレーの切れ長な瞳。

さっきのイケメンも整った顔だったが、こちらの方が私の好みだ。

「急で悪いが、君に紹介したい人がいて連れてきた」

きっと隣にいる男を紹介したいのだろう。

私が視線を向けると、彼は大きなため息を吐いた。

「はぁー、なぜ俺がこんな仕事をしないといけないんだ」

その一言で彼の印象は最悪になった。

顔が良くても中身が全く伴《ともな》っていない。

「君がこの世界に慣れるまで、彼を臨時の護衛につけることになった。何かあったら彼に聞いてくれ」

そう言って宰相はどこかへ行ってしまった。

部屋に知らない男と残された私はどうすれば良いのだろうか。

護衛と言っても、全く私のことを守る気がなさそうだ。

「あのー、名前を聞いてもよろしいですか？」

「チッ！　めんどくさいな」

名前を聞いただけでこの反応だ。

その辺の反抗期の学生かと言いたい。

「……アルヴィンだ」

「私は本庄真実《ほんじょうまみ》──」

私が名前を言い終える前に、彼は部屋を出ていってしまう。

「ええ……」

私が呆れていると、部屋の外から不機嫌な声が聞こえた。

「おい、さっさと行くぞ」

「行くって、どこにですか」

私が彼の後を追いながら質問すると、アルヴィンがこちらを見下ろして言った。

「決まってるだろ、お前の職場だ」

第一章　ママ聖女、孤児院の現状に驚く

「ここが私の働くところですか？」

目の前には汚れて手入れもされていない、大きな家がある。

庭も雑草が伸び切って、怪《あや》しさしか感じない。

「ああ」

隣にいるのは無愛想《ぶあいそう》な騎士のアルヴィン。

高身長で目鼻立ちがクッキリしているイケメンだが、顔に騙《だま》されてはいけない。

移動中私が話しかけても無視で、全く返事がない。

本当に私の護衛なのかと疑うほど無愛想だった。

色々話しかけて返ってきたのは〝これは本来やりたかった仕事ではない〟という言葉だけ。

おまけに、堂々と私を護衛する気はないと宣言された。

ここまで言われたら、彼に頼ることはできない。

どうにか彼なしで、この世界で生きていく術《すべ》を見つけなくては。

表玄関の扉を開けて、ゆっくりと中に入る。

「ヒィー！　何か虫が動いた！」

「チッ！」

アルヴィンは舌打ちをしながら、靴《くつ》で虫を踏《ふ》み潰《つぶ》した。

退治してくれたのはありがたいが、不衛生すぎる……

彼から少し距離を取った私は、家の前まで進み、扉を軽く叩いた。

だが、不在なのかしばらく待っても誰も出てこない。

「中に入ってみましょうか」

アルヴィンに確認すると、彼はあさっての方向を見ていた。

本当に働く気がなさそうだ。


扉を少し開けると、中から異臭が漂《ただよ》ってきて思わず鼻を覆《おお》う。

トイレのような尿臭《にょうしゅう》やゴミ箱の生臭さに近い臭《にお》いがする。

本当にここに人が住んでいるのかと疑うほどだ。

孤児院で仕事をすると聞いていたが、本当にここで合っているのだろうか。

一度扉を閉めてから息を整える。

ポケットに入れてあったハンカチを口元にあててから、もう一度扉を開け、中を見て驚愕《きょうがく》した。

部屋中、ゴミや汚物が転がっている。

もはや家というよりはただのゴミ屋敷だ。

アルヴィンは、遠くから私の様子を見ている。

「お邪魔します」

ゆっくりと中に入ると、足裏に嫌な感触を感じた。

踏んではいけないものを踏んだかもしれない。

ゆっくりと足元を確認すると、部屋をカサカサと這《は》いずる虫達。

「ギィヤアアアアー！」

あまりにも衝撃的な出来事に私は叫《さけ》んでしまった。

異世界にもゴキブリに似た虫が存在しているらしい。

簡単に言うと、ゴキブリがハムスターサイズになっているような感じだ。

しかも、家の中で大量に蠢《うごめ》いている。

その場で気を失いそうになったが、なんとか踏ん張る。

ここで倒れたら身体中にあれが這い上がってくるかもしれない。

考えただけでも鳥肌が止まらない。

すると、私の悲鳴に気づいたのか、部屋の奥から誰かが近づいてきた。

「誰だ！」

出てきたのは、小学生低学年ぐらいの男の子だった。

ただ、頭には耳が、お尻には尻尾が付いている。

まるで昔飼っていた犬のようだ。

「獣人の孤児だな」

遠くにいたはずのアルヴィンがいつの間にか後ろにいた。

どうやら彼らのことを知っているらしい。

「お前達大人が何の用だ！　ここはオレ達が住む家だぞ！」

少年の後ろには、ゾロゾロと小さい子ども達が列を成していた。

きっとこの孤児院の子ども達だろう。

普通の人間ではなく、みんな頭やお尻に何かが生えている。

そして、ほとんどがふらふらしており、どことなく息も荒い。

「お前達なんて……」

言い終える前に倒れそうになる少年を、私は急いで抱きかかえる。

足元からぶちぶちと音が聞こえてきた。

踏みたくないものをたくさん踏んだ気がするが、それどころではない。

明らかに子ども達の様子がおかしい。

少年の痩《や》せ細《ほそ》った腕に触れて脈を測《はか》った後、私は振り返って叫んだ。

「アルヴィンさん、急いで綺麗な水を持ってきて！　あとはどこか清潔な場所を探して！」

「なぜ、俺が命令――」

「早く！」

今は愚痴《ぐち》を聞いていられる状況ではない。

すぐにどうにかしないと、きっと食事もまともに食べていない子ども達には命取りになる。

現に、その場でうずくまり胃液を吐いている子どももいた。

それでも子ども達は、必死に吐いたものを飲み込もうとしている。

「口から出てきたものは外に吐き出して。我慢《がまん》しなくてもいいから」

「飲み込まないと、もう食べ物が――」

他の子ども達が私に何かを説明しようとするが、そんな汚いものを飲み込んでいいはずがない。

今まで孤児院にいた大人は何を教えていたのだろうか。

「いいから出してきなさい！」

あまりにも強く言ったからか、子ども達は怯《おび》えたように一斉に外に向かった。

「おい、水を持ってきたぞ」

「なら次は綺麗な布をかき集めてきて！」

「なんで俺が――」

「つべこべ言わず持ってこい！」

もう彼のことを気にしている余裕はない。

護衛として働きたくないなら、せめてお使いぐらいはしてもらわないとね。

「腸管感染症《ちょうかんかんせんしょう》の可能性がある。ノロウイルスかサルモネラ菌か……」

どちらも手洗いや衛生的な習慣で防《ふせ》ぐことができるが、こんな汚い環境ではどうしようもないだろう。汚物が溢《あふ》れている汚い部屋で感染症にならないはずはない。

さっきの状況と食べるものがないと仮定したら、汚物を食べている可能性もあった。

「部屋は奥にあったぞ。そこに布もある」

「ありがとうございます！　子ども達をそこまで運ぶの手伝って」

「なぜ、俺が獣人を――」

この男はさっきから何を言っているのだろうか。

獣人が何かはわからないが、この子達はどこからどう見ても、私たち大人が守ってあげないといけない子どもだ。

「患者に国籍も人種も関係ないわ！　あなたの手で子どもを殺すつもりなの？」

それでもアルヴィンは迷っているようだ。

「この世界の騎士は誰も助けられないのね！　私が一人でどうにかするからいいわよ！」

突っ立って邪魔をするぐらいなら、彼はいらない。

私は少年を抱え込むと勢いよく持ち上げる。

持ち上がらないと思ったが、あまりの軽さに驚いた。

それでも小柄な私の体では、全員を運ぶには時間がかかるだろう。

すると、アルヴィンが舌打ちして手を伸ばしてきた。

「騎士を舐《な》めるなよ！」

突然体が軽くなる。

どうやらアルヴィンは私も一緒に部屋に運ぶ気のようだ。

生まれて初めてお姫様抱っこをされた。

それまで冷静だった私の頭は、一瞬だけ真っ白になってしまった。

そのまま一際大きな部屋に運ばれる。そこはなぜか汚れておらず綺麗な状態だった。

アルヴィンがやったのか、扉の鍵《かぎ》は壊されており、こじ開けられた形跡がある。

「ありがとう」

きっと私の顔はりんごのように赤くなっているだろう。

それでも今のこの問題を解決するまでは気を抜けない。

すぐに気を引き締める。

アルヴィンに残りの子ども達を運んでもらうようお願いした後、少年を床に寝かせる。

まずは本人達を綺麗《きれい》にする必要があった。

抗生物質が手に入るかわからない以上、下痢《げり》や嘔吐《おうと》で菌を外に出して栄養を補給するしかない。

服を脱がすと、少年の体はガリガリに痩せこけていた。

肋骨《ろっこつ》が浮き出て、お腹が少し膨《ふく》れている。

栄養失調により腹部が浮腫《むく》んでいるんだ。

私は用意してもらった水に布を浸《ひた》すと、子どもの体を拭《ふ》いていく。

「おい」

耳や尻尾を触ると、少年は無意識に嫌がった。

本当に獣人という、人間とは違う人種だと理解する。

そして、体のいたるところに痣《あざ》や内出血ができていた。

看護師としての知識から、転んでできるものではない傷だと判断できる。

しかも、見えにくいところばかりに傷がある。

これは誰かが意図的につけた傷だとすぐにわかった。

きっと、この子達は虐待《ぎゃくたい》を受けていた。

子ども達が置かれていた環境に対し、苛立《いらだ》ちを感じて唇《くちびる》を噛《か》む。

大人達は今まで何をやっていたのだろうか。

「おい！」

「さっきから何よ！」

振り返ると、アルヴィンが困った顔をして立っていた。

「次は何をすればいいんだ？」

「えっ？」

「だから何をすれば良いかって聞いてるんだよ！　俺のせいで騎士が使えないやつらだって思われたらダメだろうが！」

先ほどの私の言葉を、彼はそのまま受け取ったのだろうか。

まあ、人手が多いに越したことはない。

手伝ってもらえるなら、何かやってもらった方が良いだろう。

特にあの虫達の処理は私には無理だ。

「なら、あの虫と部屋の片付けを頼んでもいいですか？」

「はぁん⁉」

流石《さすが》に騎士でもあのゴキブリみたいな奴らを倒すのは嫌なのか。

そりゃあ、誰だってゴキブリは嫌いだ。

でも掃除もしないといけないわけだし、流石に虫だけはどうにかして欲しかった。

「やっぱり騎士では——」

「簡単すぎる。コックローチなんて魔物の中では最下級だし、部屋の掃除なんて俺の魔法で一瞬だぞ？」

聖女召喚と聞いた時に、ひょっとしたらと疑ってはいたが……

どうやら、この世界には魔物と魔法が存在するらしい。

「ならそれをお願いします。私じゃ無理なので……」

「ふん、そうか」

アルヴィンは鼻で笑って、早速作業に向かった。

玄関の方ではホースから水を出すような音がしている。

少し不安に思ったが、彼が大丈夫だと言ったなら問題ないのだろう。

私はその後も子ども達の体を拭き続けた。

彼らが着ていた服はあまりに汚かったので、また着せるわけにはいかない。そこで、代わりに部屋のカーテンを破いて巻きつける。

「とりあえず清拭《せいしき》は終わったから、脱水をどうにかしないといけないわね」

下痢と嘔吐症状が続いていたから、まともに水分も取れていないだろう。

口や唇は乾燥《かんそう》して、全体的に皮膚《ひふ》の弾力性も失われている。

私は子どもの服を桶《おけ》に入れて、あるものを準備することにした。

小走りで玄関に向かうと、どこか自慢《じまん》げに仁王立《におうだ》ちしたアルヴィンがいた。

「どうだ、騎士は何でもできるぞ。だからあの言葉を取り――」

「あのゴミを一瞬で片付けたんですか⁉　騎士って凄《すご》いんですね！」

玄関は驚くほど綺麗になっていた。

水をかける音が聞こえたのに、床もしっかりと乾《かわ》いている。

流石にここまでやってもらったら、お礼は伝えるべきだろう。

「アルヴィンさん、先ほどはすみませんでした。ありがとうございます！」

私は彼に頭を下げた。

子ども達が目の前で苦しむ姿を見て必死だったのは事実。

ただ、いくら大変な現場でも煽《あお》ったり怒ったりするのは良くないとわかっている。

顔を上げると、なぜかアルヴィンの顔は赤く染まっていた。

「うん、騎士はみんなのために動くのが仕事だからな」

独《ひと》り言《ごと》を言って頷いている。

「それで今度は服を洗いたいのと、買い物に行きたいんですが」

「ああ、洗濯なら俺がやっておくぞ」

アルヴィンは積極的に手伝う気になったようだ。

初対面の最悪な印象が少し薄れる。

急なことに戸惑っていただけで、本当は単純で良い人なんだろう。

「本当ですか？　ありがとうございます。私も手伝いますね」

水が入った桶を外に運ぼうとすると、アルヴィンは私から奪うように外へ持っていく。

ぶっきらぼうで無愛想な彼の後ろ姿は、お手伝いをする子どものようだ。

私はくすりと笑って、彼の後を追いかけた。

その後、魔法を初めて見せてもらった。アルヴィンは何もない空間から水を出して、洗濯物を勢いよく洗うと、次は風で服を乾かしていた。

アルヴィンによれば、この世界のほとんどの人間は、生まれつき魔力を持っているそうだ。

また、魔法には複数の属性があり、その中の一つでも適性があれば良い方らしい
稀《まれ》にいくつもの属性を操《あやつ》ることができる人がいて、アルヴィンはそれにあたる。

水属性《みずぞくせい》と風属性《かぜぞくせい》の魔法を操れるということは、それだけ彼が優秀な人材だということだろう。

ただ、私の口からすぐに出てきた言葉は。

「……乾燥機能付きドラム型洗濯機」

「は？」

「なんでもないです」

ちなみにアルヴィンによると、私にも魔力があり、何かの魔法を使えるらしい。

時間がある時に試してみようと思う。


服を洗い終えた後、私達は準備を整えて買い物に向かった。

目的は、子ども達に与える食事の材料集めだ。

子ども達の腹部の浮腫みは、体内のタンパク質不足が原因のため、お肉などを食べる必要がある。

だが、急に内臓への負荷はかけられない。

胃に負担をかけないように、今回は食べやすいうどんを作るつもりだ。

露店で食材の売買をやっているのを見つけたので、そちらへ行く。

イメージとしては、野菜屋や肉屋がある市《いち》みたいなものだ。

アルヴィンに聞きながら、安価で栄養があるものを中心に揃えていく。

なんと、異世界なのに日本と変わらない食材が多かった。アルヴィン曰《いわ》く、過去に異世界から召喚された人々が広めたものらしい。

その後は果物や野菜、簡単な調味料、そして調理器具などを購入した。

事前に調理場を見てきたが、鍋の他は何もなかったので、一通り買い揃える必要があったのだ。

お金は私の代わりにアルヴィンが支払ってくれた。

帰り道、私は態度が軟化《なんか》したアルヴィンに、孤児院についての話を聞いた。

どうやら前の孤児院の管理人は相当な悪人だったようだ。

子ども達を虐待した末《すえ》、運営を放り出して逃げたらしい。

そして、獣人はこの国では珍しい存在で、あまり良く思われていない。
獣人の面倒を見たいという人は現れず、大人を嫌う子ども達は持《も》て余《あま》されていた。
そこに、ちょうど仕事が欲しいと言った私が現れた。
私は面倒事を押し付けられた可哀想《かわいそう》な異世界人というわけだった。

孤児院に着くと子ども達はスヤスヤと寝ていた。
体を拭いて綺麗になったことで、寝やすくなったのだろう。
子ども達が眠っている間に、私は彼らの食事を作ることにした。
うどんは小麦粉、水、塩だけでできるお手軽な料理だ。
普通うどんに使うのは中力粉だが、流石に小麦粉の種類まではわからなかった。
それでも食べやすければ問題ないだろう。
喉越《のどご》しが良くてつるつると食べられるうどんなら、子どもも好きなはずだ。
小麦粉と塩を合わせて、少しずつ水を加えながら混ぜていく。
「そんな粉を食べさせるのか？」
アルヴィンは隣で文句を言っているが、今は無視して作業だ。
彼は相変わらず無表情だが、私の手元をずっと覗《のぞ》いている。
彼は身長が私より遥《はる》かに高いので、真後ろからでも見えるのだろう。
こっちは彼の顔を見るたびに首が痛くなるというのに。

気を取り直して、生地《きじ》を揉《も》んでは折りたたみを交互に行《おこな》っていく。

表面が滑《なめ》らかになったら生地を休ませる。

その間に、先ほど買ったトマトを取り出し、ざく切りにする。

「トマトを茹《ゆ》でて何にするんだ？」

「トマトには旨味成分であるグルタミン酸が含まれているので、昆布《こんぶ》のように出汁《だし》を取ることができるんですよ」

「コンブ？」

「海藻の一種ですよ」

先ほどの露店では、海鮮類は見当たらなかった。醤油《しょうゆ》は買えたというのに、不思議なものだ。

そこで使うことになったのがトマトだ。

元の世界にいた時、一人暮らしだった私はしっかりと自炊《じすい》をしていた。

たまにある休みの日には、たくさんの種類の料理を作るのが習慣だった。

そのほとんどが作り置き料理ばかりだったのは、少しでも仕事がある日の家事を楽にしないと、体を休める時間がなかったからだ。

医療関係の仕事って思っているよりもブラックだからね。

忙しすぎてトイレにも行けずに、膀胱炎《ぼうこうえん》になるって話をよく聞いた。

そうして料理にハマった時の知識が、今回は役に立ったようだ。

「本当に美味《おい》しいのか？」

私が作る料理に興味はあるものの、信用はしていない様子のアルヴィン。

彼には何をしているように見えるのだろうか。

「アルヴィンさんは食べないんですね？」

「いや、食べるぞ！」

どことなく子どもっぽい返事だったので、つい笑ってしまう。

「なぜ、笑うんだ」

「いや、たくさん質問してくるから、食べたくないのかなーって思ったのに、食べるんだなって」

そう言うと、無表情だった顔がわずかにムスッとした。

笑顔が少ないだけで、感情は露骨《ろこつ》に出るタイプなんだろう。

一緒にいると、なんとなく彼が考えていることがわかってくる。

「俺だって働いたぞ」

きっと手伝ったから食べる権利があると言いたいのだろう。

お金を払っているから食べさせろって言わないところは好感が持てる。

買い物中、お金を貸してほしいと言ったら、何も言わずに支払ってくれたし、荷物もアルヴィンが持ってくれた。

「せっかくなら、もう少し手伝ってもらおうかな？」

ここから先は何度も生地を折り返すのに、小柄な私では力が足りなくなる。

「この生地を折りたたんでもらってもいいですか？」

うどんの生地を寝かしたら、再び生地を伸ばして折りたたむ。

そして棒で叩いて伸ばす工程を何回か繰り返す。

非力な私にとってこの作業は正直言って大変だ。

「なぜ、俺が――」

「騎士なら力があるのかと……」

「ああ、毎日鍛《きた》えているからそれぐらいは簡単だ！」

頼られて嬉《うれ》しそうなアルヴィン。患者さんでもぶっきらぼうなおじいちゃんほど、頼ると意外に助けてくれる。彼はそんな人達に近い気がした。

トマトを鍋から取り出し、出汁にお醤油を入れれば、うどんつゆの完成だ。

本当は濾過《ろか》した方がちゃんとしたトマト出汁になるが、紙は高価なため簡単に使うことができないらしい。それにそもそも私はこの世界で、まだ紙を一度も見たことがない。

「俺はいつまでこいつの上に乗っていればいいんだ？」

作業の間アルヴィンには、重しの代わりとして、できた生地の上に乗ってもらっている。

足はしっかり水属性魔法で洗い、布を何枚も重ねているから衛生面も安心だ。

水虫《みずむし》にでもなっていたら大変だからね。

中世の騎士は昔、水虫に悩まされていたと授業で聞いたことがある。

風通しの悪い鎧や靴は、湿度が高く清潔に保てないのだろう。

ただ、アルヴィンの足は綺麗だった。魔法のおかげだろうか。

「そのまま待っててくださいね」

「おい、俺を置いてどこに行く気だ！」

アルヴィンをうどんの生地の上に放置し、私はあるものを入れた瓶《びん》とコップを持って、子ども達の様子を見に行くことにした。

「おーい！」

調理場からアルヴィンの声が響《ひび》いてくる。

「くく」

ちゃんと動かずに待っているアルヴィンを想像すると、笑ってしまう。

扉を開けると、子ども達は一ヶ所に集まって震《ふる》えていた。

「寒かったかな？」

空気の入れ替えのために窓を開けていたが、カーテンに包まるだけでは寒かったのだろうか。

近づいて声をかけると、彼らは警戒してこちらを睨《にら》んできた。

初めに声をかけてきた黒い耳がついた少年はまだ寝ており、起きているのは小さいちびっこ達だけだ。

そんな中、みんなを守ろうと前に出て、手を広げている女の子がいた。

「いたいのいや！」

言葉から察するに、この子も前の孤児院の管理人に暴力を振るわれていたのだろう。

「お嬢ちゃん達、私は怪しくないよ？　ちょっと美味しいお水を飲まないかな？」

私は持ってきたある物をコップに注《そそ》ぎ、口をつけて安全なことを伝える。

怪しいおじさんの台詞《せりふ》みたいだと自分でも思うが、出てきた言葉がこれだったので仕方ない。

瓶の中に入っているのは、さっき作ったばかりの経口補水液だ。

普通の水と比べて吸収率が良いため、飲む点滴とも呼ばれている。

レシピが複雑だと思われがちだが、実は手軽に作ることができる。

材料は水、塩、砂糖、レモンなどの柑橘類《かんきつるい》だけだ。

しかし、アピールも虚《むな》しく少女は警戒を解かない。野良猫みたいだ。

私は経口補水液をそのまま置いて、その場を離れることにした。

外に出てこっそり覗くと、少女は警戒しながらも恐る恐るコップに口をつけて飲んでいた。

「どう？　美味しいでしょ？」

「そんなことないもん」

改めて中に入った私の言葉に、少女は首を横に振ったが、飲む勢いは止まらない。

「ぷはぁー」

飲み終えて落ち着いたのか、表情が緩んでいる。

「本当にねこちゃんみたいだね」

その様子を見ていた他の子達も、少女に続いて飲み始める。

「このみじゅおいちい!?」

「これはオイラのだ」

どうやら子ども達には評判がいいようだ。取り合いになってきた。

ただ、あまり飲み過ぎると、お腹が膨れてご飯を食べられなくなる。

「ご飯を作っているから、ジュースはそこまでにして服に着替えようか」

「はぁ⁉」

自分達が服を着ておらず、カーテンに巻かれていたことに今頃気づいたようだ。

大慌《おおあわ》てする子ども達を置いて、私は調理場へ戻る。

うどんの生地の上でイライラしている姿を見るのも、それはそれで面白かったが、そろそろ仕事をしてもらおう。私はアルヴィンに声をかけて、子ども達に服を着せるように伝えた。

子ども達は騎士団服のアルヴィンに興味津々のようだ。

「おい、俺に近寄るな」

鬱陶《うっとう》しそうに舌打ちするアルヴィンに、私はぼそりと呟いた。

「アルヴィンさんはうどんを食べないんですね」

「なっ⁉」

アルヴィンは獣人の子ども達の相手をするか、うどんを食べるかを天秤《てんびん》にかけていた。

「……お前ら早く来い！」

悩んだ挙句《あげく》、まだ見ぬ食べ物であるうどんの誘惑に負けた。

まあ、食べたこともないものが良い匂いを放っていたら、興味が湧《わ》くのは私にもわかる。

服を持ってきて再び部屋に入ると、アルヴィンが必死に子どもを追いかけて服を着せ始めた。

それを横目で見ながら、まだ寝ている子どもの隣に経口補水液を置いていく。

次の瞬間、腕を掴《つか》まれた。

目を向けると、寝ていたはずの少年が威嚇《いかく》してくる。

「グルルル」

私が近づいてくるのを目を瞑《つむ》って待っていたのだろう。

しかし、腕を掴む力は弱く、子犬のような見た目も相まって全く怖くない。

それにしても人間の見た目で、獣のように唸《うな》ることにびっくりした。

「お前達は油断したオレ達を殴るつもりだろ！　オレが守らないと――」

「はいはい、君はもう少し休みなさい。あっ、飲めるならこれも飲んでね」

きっと過去にそんなことがあったのだろう。

子ども達のことを思うと、胸が締め付けられる思いだ。

私はそのまま経口補水液を少年の口元に近づける。

「くんくん」

警戒しているものの、ちびっこ達が飲んでいるのを見て興味はあったのだろう。

匂いを嗅《か》ぐ時、耳と尻尾も連動して動くのは獣人の特徴なんだろうか。

元気になったらピクピク動いている耳を触らせてもらおうかな。

私は弱り切った少年を手伝って、口の中に少しずつ経口補水液を流し込む。

「この味は、毒か！」

「なわけないでしょ」

ついツッコミを入れてしまった。少年は私を見て目をぱちくりさせている。

うん、この子可愛いな。

「本当に毒じゃないの？」

「こんな弱っている子に毒を飲ますバカはいないでしょ！」

「前のママ先生は――」

「あー、はいはい。今日からママ先生は私になったから安心しなさい。後で美味しいうどんも持ってくるからね！」

「うどん？　それは新しい毒なのか？」

どうやら、用意された食事は全て毒だと思い込んでいるようだ。

この子達は今まで何を食べさせられていたのだろう。本当に食事に毒を盛られていたのか？

疑《うたぐ》り深《ぶか》い少年をなんとか納得させて、調理場に戻り作業をしていると、アルヴィンと子ども達の声が聞こえてきた。きっと元気なちびっこ達の相手をしているのだろう。なんやかんやで子ども達と仲良くやっている。

うどんの生地を取り出すと、固くぎっしりとした生地が出来上がっていた。

食べやすいサイズに切って、あとは湯がいて終わりだ。

「おい、子ども達がうどんに興味津々だぞ！」

振り返ると、こっそりとこちらを覗く顔がいくつもあった。

子ども達は目をキラキラさせて私を見ている。

獣人は匂いに敏感《びんかん》なんだろう。

孤児院の中に充満する、トマトで作った出汁の香りに、鼻をピクピクさせてうっとりしている。

子ども達のよだれが垂《た》れて小さな池になりそうだ。

「アルヴィンさん、ありがとうございました」

「おい、俺にはくれないのか？」

「ん？　うどんなら――」

アルヴィンはどこか拗《す》ねた顔をしていた。うどん以外に欲しいものがあるのだろうか。

「俺にもジュースをくれよ！」

「あはは、ジュースが欲しかったんですね」

どうやらアルヴィンは経口補水液が欲しいようだ。

すっかり子ども達のお兄ちゃんのようになったアルヴィンに、つい笑ってしまう。

これはジュースではなく、スポーツドリンクに近い経口補水液だという言葉は、胸の奥にしまっておくことにした。

私は残りの経口補水液をアルヴィンに渡す。

子ども達はまだ飲みたかったのか、独り占めしたがるアルヴィンに群《むら》がっていた。

「アルヴィン、私にも！」

子ども達にはアルヴィンと呼ばれているようだ。

子どもっぽい単純な性格のアルヴィンは、子どもにとって接しやすいのだろう。

ただ、相変わらずの仏頂面《ぶっちょうづら》で嫌がっているのは面白い。

「誰がお前にやるか！」

「私、かけっこ勝ったもん！　やくしょく！」

さっきまで嘔吐や下痢をしていた子どもを走らせたとは、流石に予想外だ。

どうやらアルヴィンにはまだまだ教育が足りないらしい。

「アルヴィンさん？」

「なんだ？」

アルヴィンは私の顔を見て怯《ひる》む。

「うどん――」

「ほら、分ければいいんだろ！」

「あと、子ども達はまだ絶対安静ですからね。間違っても、外で走らせたりしないように！」

私のお小言を聞き流しながら、アルヴィンは渋々子ども達に経口補水液を分けた。


うどんが出来るまで、子ども達は皿を持って待機していた。

子ども達のお腹は、楽器かと思うほど大きな音を鳴らしている。

アルヴィンは私の後ろでソワソワと体を揺《ゆ》らしていた。

今はうどんを楽しみにしているのか、少し口元が緩《ゆる》んでいる気がする。

「アルヴィンさんは後ですよ？　まずは子ども達に食べさせないとね」

それを言った瞬間に、アルヴィンはピタッと止まった。

口元もさっきとは違い、ギュッとしている。

きっと我慢をしている時の顔なんだろう。

笑いをこらえつつ、まずは比較的元気なちびっこ達に食事の準備をしていく。

アルヴィンの話では、獣人は人間と体の作りが違うためか、丈夫《じょうぶ》な子どもが多いらしい。

そんな彼らでも体調を崩すほどの病気だと思うだけで、不安になってしまう。

私の持つ知識を元に必要だと思った対処をしたが、彼らが私の知っている感染症にかかっている保証なんてない。異世界特有の病の可能性だって考えられる。

私もかかってしまうのではないか。

それは医療従事者には常に付《つ》き纏《まと》う不安だ。

「しぇんしぇい？」

「ああ、ごめんね」

どうやら手が止まっていたのだろう。子ども達が心配して服を掴んでいた。

わからないことをいつまでも考えていても仕方がない。

今私にできる精一杯のことをやらなければ。

私は今起きている子の分を取り分け、寝ている子達の様子を見に行く。

顔色は良くなっているが、まだ寝ている子も数人いた。

ただ、少し耳や尻尾が動いていたのが気になった。

「ご飯できたけど、食べる？」

試しにさっき起きていた犬耳の少年に小声で話しかけると、耳がぴくぴくと動いている。

「食べないなら、他の子が――」

「食べる！」

どうやら寝たふりをしていたようだ。

さっきまで耳を動かしていたのは、きっと様子を探《さぐ》っていたからだろう。

少年が起きたことに気づいたのか、他の子も同様に体を起こす。

ちびっこ達と違い、体が少し大きい子ども達は警戒心が強いようだ。

「ふふ、あなた達の分も用意してあるから、ちゃんと食べて早く寝なさいよ」

私が再び調理場に戻ると、彼らはキョロキョロと周囲を見渡していた。

いつのまにか保育園の先生になったような気分だ。

それでも、可愛い子ども達が幸せそうな顔をしていると嬉しくなってしまう。

忙しい現場で一生懸命《いっしょうけんめい》働いていた私は、久々に誰かに癒《いや》してもらった気がした。

これがアニマルセラピー……いや、ちびっこ獣人セラピーなんだろう。

◇

もうまともにご飯を食べない日が、どれだけ続いたのかも覚えていない。

お金はママ先生が全て使ってしまう。

たまに男の人を連れてきて、気持ち悪い声を孤児院中に響かせていた。

耳が良いオレ達は、遠い部屋にいても全て聞こえてしまう。

みんなで固まってお互いに耳を塞《ふさ》いでやり過ごした。

ママ先生の気分が良いとたまにもらえる硬《かた》いパンを、みんなで分けて食べるのが、オレ達の唯一の幸せだった。

ママ先生はそんなオレ達を見て、笑うなと言って鞭《むち》で何回も叩いた。

痛いと泣き叫んでも、それが止まることはなかった。

あまりの痛さで気持ち悪くなって吐いた。

それを飲み込まないとまた怒られて、鞭打ちが始まってしまう。

ただ、オレ達はこうでもしないと生きていけないのが現状だ。

オレ達に手を差し伸べてくれる大人は誰もいないからな。

終いにはオレ達のことが嫌いになったのか、ママ先生は出かけてから帰ってこなくなった。

これで帰ってこなくなった先生は何人目だろうか。

もう大人は信じられない。

どうせオレ達は必要ない存在だ。

次第に、自分達は生きていてはダメな存在なんだと思うようになった。

薄れる意識の中で、扉が開く音が聞こえた。

先生がいなくなってだいぶ経《た》ったから、またオレ達をいじめる悪い大人がやってきたのだろう。

新しい先生か、オレ達を追い出そうとしている大人達だ。

でも実際は、思っていたのと違った。

「ほら、クロくんだっけ？　食べないと冷めちゃうよ？」

目の前に差し出された、白く細長い物に戸惑う。

それが浸《つ》かったキラキラと輝く液体を、他の子達は美味しそうに飲んでいた。

さっきは毒ではないと言っていたが、隣で友達がはふはふと言っている姿を見ると、何か怪しい物が入っている気がする。

「ゴクッ」

それでも、溢れ出てくるよだれは止まらない。

我慢していると口からポタポタと垂れてくる。

拭いても拭いてもよだれが出てくるのだ。

これが毒じゃなかったら、なぜこんなによだれが垂れてくるのだろう。

頭が混乱して何も考えることができない。

きっとこれもさっき飲んだジュースの影響だ。

「本当にわんちゃんみたいで可愛いわね」

新しい先生はオレの頭の上に手をかざした。

机をよだれで汚したから怒られるんだ。

すぐに全身に力を入れて目を瞑った。こうすれば叩かれても、少しは痛みが減るからな。

だが、叩かれることはなかった。

先生は、優しくオレの頭を撫《な》で始《はじ》めた。

ついでに耳を触っていたが、オレが見たらすぐに手を止める。

「ああ、勝手に耳を触ってごめんね」

初めての心地《ここち》好《よ》い感触に、さらによだれが垂れた。

いや、これは目の前にあるキラキラしていい匂いのする変なものが原因だ。

「私が食べたら食べてくれるかな？」

先生はオレの器の白く細長いものを一本取ると、スルスルと口の中に吸い込んだ。

「んー、ちょっと冷めちゃったね」

オレに向ける顔は、今まで見た先生とは違う顔をしていた。

キリッと吊り上がった目ではなく、垂れた優しい目をしている。

オレは勇気を振り絞って、白く細長いものを口に入れた。

もちもちして、すぐにお腹の中に入っていく。

先生は冷たいと言っていたが、オレには温かく感じられた。

こんな気持ちは生まれて初めてだった。

「ちゅるちゅる美味しいね」

そう思ったのはオレだけではなかったのだろう。

「おいちいよ」

「もっとたべたい」

「これちゅき」

みんなも泣きながら白く細長い謎の食べ物を食べていた。

「あらあら、お兄ちゃんも泣いているね」

「オレは強いから泣いてないもん！」

「ふふふ、君は強いからね」

ママ先生はオレの頭を撫でて、他の子達のうどんのおかわりを取りに行った。

オレは絶対に泣いてないもん。

ただ、目からよだれが出ているだけだ。

オレもおかわりするために、急いで白く細長い謎の食べ物を口の中に入れた。

「おかわり！」

オレ達は初めて食べた、先生が作ってくれた〝ちゅるちゅる〟が大好物になった。

第二章　ママ聖女、冒険者ギルドに行く

あれから数日後、子ども達は元気になっていた。

少しずつ食べられるものが増えていき、今はお肉も食べられるようになってきた。

ただ、問題はいくつもある。

まず一つは、私一人では子どもの面倒を見ることができないということだ。

今はアルヴィンに手伝ってもらっているが、彼はあくまで臨時の護衛だ。明日になったら、元々配属されていた騎士の仕事に戻ることになっている。

流石に騎士が本業の人に、いつまでも孤児院の運営を手伝ってもらうわけにはいかない。

そして、二つ目は資金不足だ。

孤児院の運営資金は、国から一年分を一括《いっかつ》で渡される。

しかし、そのお金は前の孤児院の管理人であるママ先生が持ち出して逃げたままだ。

それがわかったのは、クロの話からだった。

子ども達だけだから買い物ができないのかと思ったが、そもそもお金がないらしい。

その代わりに今まで何を食べていたのかと聞くと、庭の草や木の根を食べていたという。

聞いた瞬間、怒りが湧き出た。

思わずクロを強く抱きしめたが、彼は痛いとは言わず嬉しそうに笑っていた。

国も孤児院の管理人が失踪《しっそう》したことは把握《はあく》していたが、お金を持ち出したことは知らなかったらしい。事情を知ったアルヴィンが宰相にそのことを伝えたが、財務官はお金を出すのを渋《しぶ》った。

そもそも今年度分のお金を渡しているし、獣人に施す金はもうないと言われてしまったと。

宰相から謝罪とともにひと月分の運営費をもらったが、どうにかして自分で稼《かせ》ぐ方法を見つけないと、今後子ども達は生活できないだろう。

元々、異世界で生き抜くためにお金が欲しくて仕事を紹介してもらったはずなのに、それが原因でますます資金不足になるとは。

しかし、今更この子達を見捨てることなどできない。

迷った末に選んだのは、冒険者という日雇《ひやと》い派遣《はけん》のような仕事だった。

名前からして物騒《ぶっそう》な気がしたが、街の清掃のお手伝いとかの仕事もあるらしい。

そこで私は、アルヴィンとハローワークのような冒険者ギルドというところに向かった。

幸《さいわ》いクロがちびっこ達の面倒を見てくれるため、少しの時間なら孤児院から離れても問題ない。

ただ、買い物で少し離れただけでもちびっこ達は泣いてしまうので、できれば短時間の仕事を探したい。こんな数日で子ども達の信頼を勝ち取ったうどんに感謝だ。

ギルドの扉を開けると、そこには見た目がイカつい男達がいた。

雰囲気はガテン系の仕事場という感じだ。

私は奥にいる受付の女性に声をかけた。

「あの、冒険者登録をしたいんですが……」

「冒険者登録ですか？　魔物と戦うことになりますが、大丈夫ですか？」

どうやらゴキブリみたいなのを倒せと言っているようだ。

虫嫌いの私があんなものを倒すことはできない。

虫を倒すなら害虫駆除業者を雇った方が良いだろう。

「日雇いの仕事ができるって聞いたんですが――」

私がアルヴィンを見ると彼は頷いていた。

アルヴィンは何も知らない私に様々なことを教えてくれる。

その代わりに子ども達と同じように、うどんを作ってくれと催促《さいそく》してくるが。

スッキリして食べやすいのが、アルヴィンも気に入っているらしい。

「たしか街での仕事なら魔物を倒さなくても大丈夫だよな？」

「ああ、そういった依頼ならたくさんありますよ」

受付の人曰く、冒険者といったら魔物討伐が一般的らしい。

街での仕事は地味なので、受ける人は少ないが、依頼自体は多いそうだ。

今後、子ども達が大きくなって自分でお金を稼ぐようになった時には、冒険者登録をして日雇いバイトをするのを薦《すす》めてもいいかもしれない。

そのためにも頑張って、出来るだけコネを作っておこう。

獣人って人間に好かれてないと聞いているしね。

それに、今回登録する理由は、単に日雇いバイトでお金を稼ぐためだけではない。

冒険者に登録すると、適性のある魔法の属性が簡単にわかるらしいのだ。

「では、ここに少し血を垂らしてもらってもいいですか」

受付の女性は、大きな石板のようなものを取り出した。

そこに血を垂らすことで、登録完了となるらしい。

私は渡された針が汚れていないか確認する。

綺麗じゃない針を刺して、何かの感染症になったら大変だ。

「新しいものを使っているので大丈夫ですよ」

どうやら顔に出ていたらしい。

苦笑いした私は、言われた通りに指に針を刺して血を垂らす。

看護師だったから、針を刺すことには抵抗がない。

血糖測定で少しだけ血を出す時に似ている。

「適性は……残念ながら回復属性《かいふくぞくせい》ですね」

回復と聞いて私らしいと思ったが、それを聞いたアルヴィンの顔は曇《くも》っていた。

彼の表情は前よりもわかりやすくなった気がする。

「回復属性魔法って、そんなに使えないんですか？」

「あー、言いにくいが使えない魔法だな。聖女が使える聖属性魔法がどんな怪我もすぐに治せる魔法だとすれば、回復属性魔法は自然治癒力《しぜんちゆりょく》を高めることぐらいしかできない」

どうやら私は魔法にも恵《めぐ》まれていないようだ。

いわゆる、はずれ魔法に分類されるものらしい。

「それでも、子ども達の病気が早く治るなら良いかもしれないですね」

発動の仕方はわからないが、子ども達が思ったよりも早く元気になったのは、この魔法が関係しているのかもしれない。

栄養失調で浮腫んでいた子ども達の腹部は、少しずつ戻ってきている。

くよくよしてもどうしようもない。

魔法が使えるだけでもありがたい。

子どもは病気になりやすいため、使えないと言われる力でも、役に立つことがあるだろう。

「では、改めて依頼を受けにきますね」

今日は元々登録するだけのつもりだったので、挨拶《あいさつ》をして踵《きびす》を返す。

しかし、冒険者ギルドから出ようと思った矢先、ギルドの扉が大きな音を立てて開いた。

「誰か、回復薬《かいふくやく》を集めてくれ！」

そこには、腕が反対に折れ曲がり、体中が血だらけになった男達が立っていた。

その様子に冒険者ギルドは騒然《そうぜん》とした。

「回復薬をお持ちの方は、至急提供してください！」

聞こえてくるのは、さっきまで受付をしていた女性の声だ。

私は救急看護師をやっていたことがあるので、ほどなく冷静になってきた。

「誰も持ってないのか……」

「俺が薬師から買ってくる！」

男性が一人、大慌てでギルドを飛び出していった。

ああ、なんだか現場を思い出してしまう。

今も耳の奥で救急搬送要請の呼び出し音が鳴っている気がする。

「アルヴィンさん、机を動かして、寝られる場所を確保してください。それと魔法で水を用意して、血液に触れないように洗い流してください」

「ああ」

気づいた時には私の体は動いていた。

いつの間にか、アルヴィンも私の指示通りに動くようになっていた。

彼はなぜか私を見て笑っている。

あの無表情で無愛想なアルヴィンが笑っているのだ。

そんなことをしみじみ思う暇もなく、私は準備に取りかかる。

床に布を引いた上に、次々と血だらけの男達を寝かせる。

「どうしてこんなに大怪我をしたんですか？」

「ウルフキングに遭遇《そうぐう》して、急いで逃げてきたんだ」

その言葉に、また冒険者ギルドがざわつく。

ウルフキングとはそんなに危ない存在なんだろうか。

名前から、狼《おおかみ》の王様なのは理解できた。

「Bランク以上の冒険者は、直《ただ》ちにウルフキングの討伐準備をしてください」

さっきまで酒を飲んでいた男達は武器の準備を始めた。

きっとウルフキングを狩りに行くのだろう。

私も私なりに出来る限りのことをするだけだ。

テーブルに置いてあるお酒を見ると、透明に近い色をしていた。

「この飲み物って、アルコールは強いですか？」

「は？」

近くにいたおじさんに聞いてみたが、はっきりした答えは返ってこない。

炭酸がない見た目からして、ビールではないはずだ。きっと蒸留酒《じょうりゅうしゅ》だろう。

私は口元にお酒を近づけた。

「おいおい、まさか飲む気じゃ――」

一口舐めるとすぐに吐き出す。

明らかに人が飲むアルコール濃度ではなかった。

「よくこんなもの飲めますね!?」

「お嬢ちゃんにはまだ早いようだな」

戦う準備をしていたおじさん達は笑っていた。

あれだけ度数が高いのに、全く酔っていない。

今回は別に飲みたくてお酒を必要としているのではない。

私はお酒を手にかける。

手袋がないこの状況でできる感染予防はこれしかないのだ。

消毒に適したアルコール濃度は六十パーセント以上。ただ、お酒の度数はそれに比べかなり低い。

蒸留酒は四十から五十パーセント程度だと言われている。

中にはもっと高いものもあると思うが、今は探している時間が惜しい。

「少し腕に触れますね」

事前にアルヴィンの水属性魔法で洗い流してはいるが、まだ創傷部《そうしょうぶ》から血が流れていて、顔色はどんどん悪くなっている。私は血液に触れないように注意しつつ腕に触った。

「橈骨動脈《とうこつどうみゃく》はぎりぎり触れられる程度か……」

腕の脈拍はほとんど測定できなかった。

「首元失礼します」

話しかけるが、男性は意識がぼんやりしている様子だ。

それでも頸動脈《けいどうみゃく》が触知《しょくち》できるため、血圧はある程度保たれている。

「もうそろそろで回復薬が来るので、頑張ってくださいね」

微笑《ほほえ》みながら声をかけると、男は無意識に笑っていた。

きっと回復薬さえあれば、これくらいの傷はすぐ治るのだろう。

私はそう思っていたが、どうやら違ったようだ。

冒険者ギルドにいる人達の顔は曇っていた。

「俺達がお前の仇《かたき》を取ってやるからな！」

武器の準備をしていた男達が、傷だらけの男に声をかけていく。

少しずつ男性の表情が崩れて、悲痛な顔へと変わる。

その目からは大量の涙が溢れ出ていた。

「まだ死にたくないよ。やっと子どもも生まれてきたばかりだ」

えっ……

この世界では、この程度の傷で人が死ぬのだろうか。

だんだん頭が混乱してくる。

「回復薬を持ってきたぞ！」

男は、薬師から買ってきたであろう回復薬の瓶をたくさん抱えていた。

他の男達は回復薬を受け取ると、負傷者の傷口にかけたり、直接口から飲ませたりし始める。

「アルヴィンさん、これで治るんですよね？」

近くにいたアルヴィンに話しかけると、彼は首を横に振った。

目の前にいるのは、腕が骨折して骨が飛び出している患者。

まだ話せるから、ショック状態には陥《おちい》っていない。

これぐらいなら麻酔をしたらすぐに止血して、骨を固定して傷口を閉じればいいだけだ。

日本にいる専門の医師なら何事もなくやってしまう。

それが、死を覚悟するほどの怪我になる世界なのか。

そんな程度の怪我で、この世界の人達は亡くなってしまうのだろうか。

「回復薬は治癒力を高めるだけだ。回復属性魔法とそこまで変わらない」

期待していた回復薬は、私が思っていたような万能薬ではなかった。

ただの痛み止めのようなものらしい。

「あとは神に祈《いの》るしかないな」

男達は手を合わせて神に祈り出す。

神？

そんなものは存在しない。

もしこの世界に神が存在していたら、この人達の怪我はすぐに治るだろうし、孤児院の子ども達があんなに酷《ひど》い目にあうことはなかったはずだ。

私は座り込んで考える。

私に何が出来るだろうか。

「そんなに落ちこまなくても――」

「私は、何のために……」

「えっ？」

何のために看護師になったのだろうか。

胸の奥底にあった何かが、沸々《ふつふつ》と湧き出るような気がした。

「私は人に尽くしたいから看護師になったのよ！　今のままだと尽くすも何も死んじゃうじゃないの！」

「は？」

誰かを抱きしめようとするようなポーズのアルヴィンを置いて、私はさっと立ち上がる。

人間は思ったよりもしぶとい！

ゴキブリに負けないぐらい生命力が強いはず。

きっと……たぶん？

「おっ、おい!?」

私はおじさんから回復薬を奪うと、直接患者の傷口にかける。

「生きるのを諦めないで！」

私は傷口が塞がるように、神ではなく血流中の血小板《けっしょうばん》に必死に祈った。

成人男性だと体重の約八パーセントが血液だ。

その三分の一を失うと命の危険に陥ると言われている。

まずは出血を止めないといけない。

さぁ、血小板達よ！

思う存分働いてくれ！

あなたの生命力はゴキブリなみ！

あなたは人間の見た目をしたゴキブリよ！

あなたはゴキブリ。

あなたはゴキブリ。

「あなたはゴキブリよ！」

「俺はゴキブリなのか？」

思っていたことが口から出ていたようだ。

私は患者に気にしないで、と苦笑いして、また意識を集中させる。

すると、私の手が輝き出した。

次第にその輝きが、患者の男性の傷口にきらきらと降りかかる。

「おい、回復薬ってあんな効能があったか？」

男達がざわざわと話していたが、内容まではわからない。

私はただ、目の前の人を助けるので精一杯だった。

「少し水をかけてもらってもいいですか？」

アルヴィンに、水属性魔法を使うようお願いする。

さっきまで大きく開いていた傷口は、瘡蓋《かさぶた》になるように閉じていく。

ただ、止血して傷が閉じても、折れた骨がくっついているわけではない。

「アルヴィンさん、副《そ》え木《ぎ》ってありますか？」

「ソエギってなんだ？」

この世界には副え木という言葉がないのだろうか。

一般的に草木が倒れないように支える木のことを言うが、今回は骨折した部分を固定するために使う。

まっすぐな木を持ってくるように伝えると、すぐに男達が取りに行った。

どこにあるのか目星がついているのだろう。

その間に他の人達の止血もしていく。

「あれ、痛く……いたたたた⁉」

血が止まった影響からか、男達は体を動かして嬉しそうにしていた。

骨を固定したわけではないため、動いたら痛いのは当たり前だ。

だが、痛みがあるということは元気になっている証拠でもある。

大量に血が流れ出ている時は、生命維持に必要な心臓や脳に血流を優先的に運ぶため、痛みを感じにくくなるからだ。

「まだ動いたらダメですよ？　変に骨が動くと、一生動かせなくなりますよ？」

「なんだって……？」

驚いたように首を上下に動かし、私の顔を見る男性。

少し大袈裟《おおげさ》に伝えたが、骨折部位が動いて、変に固定されるのは間違いない。

修正する技術を一般の看護師である私は持たない。

だから、誤魔化《ごまか》すために無言で微笑んだ。

「動きません！　もう一生寝てます！」

理解したようで、男はすぐに寝転んだ。

他の人達もそれを聞いていたのか、一切動かなくなった。

流石に一生寝ていたら、それはそれで困るけれど。

「副え木ってやつになるかわからんが、木を持ってきたぞ！」

たくさん抱えて持ってきた木の中で、なるべくまっすぐなのを選んだ。

それをちょうど良い長さに切り揃える。

アルヴィンの風属性魔法で、木の切断も一瞬だった。

「風属性魔法ってすごいんですね」

「ははは、俺は昔からすごいからな」

魔法を褒《ほ》めたはずが、なぜかアルヴィンが嬉しそうにしていた。

イケメンの笑顔は私の心臓に悪い。なんだか動悸《どうき》がする。

だけど、今は目の前のことに集中しないといけない。

気持ちを切り替えて作業に取りかかる。

私は木を折れた腕に沿わせた。そして布で巻きながら、再び血小板に祈る。

「あの人は聖女なのか？」

私が祈る姿が聖女にでも見えたのだろうか。

私はその辺の病院で働いていた、ただの看護師だ。

「これで命は大丈夫」

これから骨に血腫《けっしゅ》ができて肉芽細胞《にくげさいぼう》に置き換わり、骨の元である仮骨《かこつ》が形成されていく。

そして骨の吸収と形成を繰り返して、しっかりと骨になる。

腕の骨折なら、完治までに一ヶ月ちょっとかかるくらいだろう。

その後、他の人の腕にも副え木をつけながら、布を巻いていく。

全ての作業を終えた私が振り返ると、なぜかギルド中の人がキラキラした目でこちらを見ていた。

「ふふ、みなさん子どものようですね」

ふと、孤児院にいるちびっこ達を思い出して笑ってしまう。

いつのまにか、私の中で子ども達の存在が大きくなっている。

早く帰って、あの子達に美味しいものを食べさせたいと思った。

「うぉー！　聖女様が治してくださったぞ！」

「聖女様だ！」

気づいた時には、冒険者ギルド中で聖女コールが響いていた。

「聖女様、俺と結婚してください！」

「聖女様に助けられた恩は忘れません、一生あなたを守ってみせます！」

とうとう私にプロポーズする人まで現れた。

見た目はイカつい男ばかりだが、見方を変えればイケメンばかりの体格の良い男の集団。

ずっと彼氏なしで仕事漬けだった私の乙女心が刺激される。

もしかしたら、運命の人と巡り合うために聖女召喚に巻き込まれたのかもしれない。

そう思ったら異世界にきて良かったと思えてきた。

謎のポジティブ思考が私を元気にしてくれる。

せっかくだから自己紹介をしておこう。

聖女ではなく、普通の一般女性であることはしっかり伝えた方が良いだろう。

「いえいえ、私は聖女ではなく孤児院で働く――」

あれ？

足が浮いているぞ。

驚いて見上げると、なぜかアルヴィンに抱きかかえられている。

アルヴィンはそのまま、冒険者ギルドを出てしまった。

私のモテ期を返してー！


「アルヴィンさん、突然どうしたんですか？」

私はアルヴィンに抱えられて孤児院に戻ってきた。

たくさんの人に見られただろうと思うと、顔が熱くなってくる。

「あっ……いや、使い慣れていない魔法を使って疲れているだろう」

視線を合わせようとしないアルヴィンに、私は眉を下げた。

不器用な彼は、私を休ませたかったのだろう。

むしろ彼を最後まで働かせて申し訳ないと思った。

何もわからないこの孤児院で、一番助けてくれたのはアルヴィンだ。

騎士という位《くらい》の高い人が、何も知らない私に命令されるのは嫌だったはず。

それでも彼は手伝ってくれた。

彼には感謝しかない。

「アルヴィンさん」

「はい」

「今まで護衛ご苦労様でした。あなたがいて助かりました。ありがとうございます！」

私がお礼を言うと、彼は固まってしまった。

そんなにびっくりすることだったのだろうか。

「アルヴィンさん？」

彼の顔を覗き込むと、照れながら頬を人差し指で掻《か》いている。

本当に照れ方も不器用な人だ。

アルヴィンは姿勢を正して胸に手を当てた。

「騎士アルヴィン・ロジャーズは、孤児院の発展とあなたに幸せな日々が訪れることをお祈りいたします」

彼はそう言って孤児院を後にした。

最後の日なのに、彼の顔は夕日で見えにくかった。

ただ、その後ろ姿は初めて見た時よりも、凛々《りり》しく逞《たくま》しかった。

◇

彼女を孤児院に戻した後、俺は城に戻ることにした。
ふと、彼女を抱きかかえていた腕を見下ろして考え込む。
なぜかあの時は体が勝手に動いてしまった。
騎士として彼女を守らないといけないと思ったからだろうか。
「おお、アルヴィン。ご苦労だった」
城に戻ると、俺が所属している第二騎士団団長と宰相に労《ねぎら》われた。
「いえ、騎士としての使命を果たすお役目をいただき感謝いたします」
胸に手を当て二人に挨拶をする。
今日で俺はあの人の臨時護衛騎士の役目を終えた。
何故俺が、名前も知らない異世界の女の護衛などせねばならないのか。
初めて会った時はそう思っていた。
そんな考えが、たった数日でがらりと変わった。
彼女は愛情と優しさに満ち溢れた、聖女のような人だった。
今日見た彼女の能力は、そんな思いに拍車《はくしゃ》をかけた。

もう死ぬだけの男達を癒し、再び笑顔にしたのだ。

「それで、孤児院の方はどうだ？」

「子ども達は少しずつ元気になっています。しかし、やはり資金が足りないのと、人手が足りないのが問題だと感じました」

結局足りないお金の分は、彼女が冒険者ギルドで働くことになった。

自分の子どもでもないのに、懸命《けんめい》に養《やしな》おうとする姿に胸が締め付けられる。

俺は両親に、彼女のような眼差《まなざ》しを向けられたことはなかった。

いや、俺がそれを拒《こば》んでいたのかもしれない。

――公爵家のもったいない予備。

それが俺に与えられた呼び名だ。

魔法の適性が二属性あったとしても、長男や次男でなければ跡を継ぐ可能性は低い。

早々にその事実に気づいた俺は、騎士になることにした。

それなのに、どこかで本当にこのままで良いのかと思っていた。

『私は、何のために……』

彼女の言葉が脳裏をよぎる。

「アルヴィン、何か言いたいことがあるのか？」

「いえ……少し気になることがありまして」

俺は冒険者ギルドであったことをそのまま二人に伝えた。

彼女は聖女ではないが、それに近い能力を持っている。

国に保護してもらえれば、お金を自由に使えるようになるだろう。

わざわざ大変な思いをして冒険者ギルドで働く必要はなくなる。

そして、そうなれば俺は彼女の騎士を続けられるかもしれなかった。

「聖女の橘様は少しずつ魔法を覚えている。だから、彼女にはこのまま孤児院の管理をしてもらおう」

だが、宰相の言葉は俺の考えとは正反対だった。

彼女はあの細い腕で、一人で孤児院を守っていかなければならない。

それを思うと、騎士になることが本当に俺のやりたかったことなのかと自分を問い詰めたくなる。

自分のことがわからなくなった。

「俺は何のために騎士になったんだ？」

「アルヴィン、どうしたんだ？」

騎士は〝誠実さと誇り〟を持て！

騎士は〝勇気と勇猛さ〟を持て！

騎士は〝思いやりと公正さ〟を持て！

騎士は〝忠誠心〟を持て！

騎士は〝どんな時でも正直〟であれ！

騎士の誓いの言葉がガンガンと頭に響く中、自分の胸に何度も何度も問いかける。

魔法で彼女の手伝いをしただけだ。

それなのに俺に向けられた笑顔と感謝の言葉によって、足りなかったものが満たされた気がした。

今まで避けていた獣人も俺達と変わりない人間だと、彼女と一緒にいて感じた。

むしろもふもふしている彼女を見て、俺も獣人に興味が出てきた。

彼らと一緒にいると、可愛い弟や妹に頼られるのはこんな気持ちなんだろうと思えた。

「アルヴィンは明日から騎士の仕事に――」

早く城を守る騎士に戻りたいと思っていた。

だが、時間が経つと、あの家に帰りたいと思ってしまう。

俺は騎士団長と宰相に勢いよく頭を下げる。

「すみません。アルヴィン・ロジャーズは本日をもちまして騎士団を辞めさせていただきます」

俺は騎士になりたかったんじゃない。

誰かに必要とされる存在になりたかったのだ。

「突然の退団申し訳ありません。失礼します！」

俺は急いで彼女と子ども達が待つ孤児院に帰ることにした。

「これからも彼女の護衛を依頼するつもりだったんだが……」

「ははは、やっとあいつにもやりたいことができたってことだな！」

「アルヴィンにとって彼女は聖女だったんだろうな」

部屋から話し声が聞こえるが、俺はそれを無視して歩く速度を上げる。

俺の胸の中には、優しく迎えてくれる彼女と子ども達の存在がある。
騎士アルヴィン——いや、今日からただのアルヴィン・ロジャーズ。
命をかけてあなた達をお守りします。

第三章　ママ聖女、宣言をする

「先生、アルヴィン兄ちゃんはどこ行ったの？」

声をかけてきたのは、黒い耳と尻尾が特徴のクロだ。

私達の声が聞こえたから、外まで迎えに来てくれたのだろう。

その後ろにはゾロゾロとちびっこ達が列になって顔を覗かせている。

「今日でアルヴィンさんの孤児院での仕事は終わったんだよ」

明日から一人で大丈夫かな。

何もわからない異世界で、一人残されてしまうと思ったら不安になってきた。

「しぇんしぇい、げんきだして！」

私の気持ちが子ども達に伝わってしまったようだ。

ちびっこ達が応援してくれた。

咄嗟《とっさ》に笑うと、クロは手を握《にぎ》ってきた。

「今度はオレが先生を守ってあげる」

クロが真剣な眼差しをするので、ついつい笑ってしまう。

「流石一番のお兄ちゃんだね」

お兄ちゃんと呼ばれてクロは嬉しいのだろう。ぱっと笑顔になって頷いた。

いつのまにかクロとの距離が近くなり、私の精神的な支えにもなっている。

「クロだけずるい！　私も先生を守る！」

「オイラも！」

遠くで見ていた子ども達が勢いよく駆け出してきた。

子ども達は私の手を強く握ってくれる。

クロだけじゃない。

ここにいる子ども達に私はいつのまにか助けられていた。

「みんなありがとう！」

私は大好きな子ども達に抱きついた。

「先生、そんなにもふもふしたらくすぐったいよ」

「今日くらい許してよ」

いつももふもふすると嫌がるクロも、今日は優しく撫でさせてくれた。

しばらくして、私は子ども達に何を食べたいか聞いた。すると、なぜかみんな口を揃えて〝ちゅるちゅる〟と答える。

あれから子ども達にとって、うどんは好物になっているらしい。

獣人は思春期の学生並みに食欲が旺盛《おうせい》だ。

安く済むうどんならいくらでも作ってあげよう。

でも、いつかは豪華《ごうか》なものを、満足いくまで食べさせてあげたい。

「アルヴィンさん、水を――」

隣を見ると彼がいないことに気づく。

いつも水は彼に頼ってばかりだった。

私は桶を持って孤児院の近くにある、共用の井戸に向かう。

クロがお手伝いすると言っていたが、流石に大人数で行くのは危ない。

クロには下の子達の面倒を見てもらうことにした。

私に頼まれたことがよっぽど嬉しかったのか、クロは尻尾を大きく振って頷いた。

魔法がある世界でも、お金がない平民のために井戸は存在している。

貴族達は、魔石という魔物から採れる高価な石に、魔法を付与して水道のように使うらしい。

ただ、貧乏な孤児院にそんなものは存在しない。

初めて見る井戸に戸惑いながらも、私は持ち手がついた備え付けの桶を落として水を汲《く》み取《と》る。

桶についた紐《ひも》を引き上げて、持ってきた桶に何度も移し替えて、やっと水が使えるのだ。

今まで私はアルヴィンに頼りすぎていた。

いなくなってからそんなことに気づくとは思いもしなかった。

勢いよく紐を引っ張るが、非力な私が何度もやるのは大変だった。

「んー！」

この世界の人達はこんなに大変なことを毎日やっている。

元の世界でどれだけ楽な生活ができていたのか、今になって気づく。

桶に水を入れて持ち上げると、急に軽くなった気がした。

一瞬、水が溢れたのかと思って焦《あせ》る。

水面を見ると、私の頭の上に人影があった。

「あっ、手伝ってもらってすみま――」

顔を上げると、帰ったはずの彼が後ろから桶を掴むように立っていた。

「小柄なあなたでは大変だろう」

「アルヴィンさん⁉」

なぜ彼がここにいるのだろうか。

「何か忘れ物ですか？」

「ああ。おい、水が欲しいなら俺が魔法で出すぞ」

そう言ってアルヴィンは桶に入った水を井戸に戻して、水属性魔法を発動した。

ついでに水を汲みに来ていた他の人達の桶にも水を入れている。

なんだか前と態度が違う。呆気に取られていると、アルヴィンが水を配り終えて戻ってきた。

「今日は何を食べるんだ？」

「えーっと、今日は子ども達の要望でちゅるちゅるを――」

「俺の大好物だな。早く帰るぞ」

アルヴィンは桶を持って孤児院の方に歩いていく。

結局彼は何を取りにきたのだろうか。

私は彼を追いかけて孤児院に戻った。

大好物って言うぐらいだから、ひょっとして彼もうどんを食べたくて戻ってきたのだろうか。

孤児院に着くと、アルヴィンはいつものように子ども達に囲まれている。

料理を手伝ってもらおうかと思い、アルヴィンとクロが話し合っているところに声をかけたが、男同士の話をしているからと追い返されてしまった。

私は一人で寂《さみ》しくうどんを作ることにした。

ただ、少しだけでも彼がいてくれると思うと、胸がドキドキした。

あっ、これはまた動悸だろうか。

これは狭心症《きょうしんしょう》か……？

「早く救急外来に行かないと！」

心臓の鼓動は速くなったままだった。

◇

俺はクロを呼んで彼女の今後について話すことにした。

「クロ、いいか？」

「あれ？　兄ちゃん帰ってきたの？」

孤児院の子ども達の中で最年長らしいクロは、俺を慕《した》ってくれている。

単にクロより年上の人がいないからだと思うが、どこかそれが心地いい。

「今から大事な話をするぞ。先生についてだ」

男同士の大事な話があると言ったら、彼は目をキリッとさせて真剣な顔をした。

今ではこの孤児院を守る立派な騎士の顔をしている。

俺がいないこの数時間で、彼は大人に近づいたようだ。

「先生は聖女様だから、これから悪い男が近づいてくるはずだ」

「悪い男？」

「ああ、今日冒険者ギルドで先生を奪おうとするやつがいたんだ」

別に間違ったことは言っていない。

彼女が冒険者と結婚したら、ここから出ていってしまうだろう。

それは俺としても受け入れたくない。

まだまだここにいるちびっこ達は一人前ではないからな。

「えっ？　先生いなくなっちゃうの？」

「だから、俺達で先生を変な男から守るのはどうだ？」

俺がずっと彼女の近くで護衛ができれば問題ない。

ただ、騎士団を辞めたからには、他の仕事を探さないといけないだろう。

その間、彼女を守る存在が必要になる。

だからクロにその役割を任せることにしたのだ。

「わかった！　オレが冒険者から先生を守ればいいんだね！」

クロはすぐに理解してくれた。

俺が頭を撫でると、嬉しそうに尻尾を振っていた。

ああ、今までなぜ獣人を嫌っていたのだろうか。

見た目が少し違うだけで、こんなに可愛い子達が差別されるなんておかしい話だ。

「みんなちゅるちゅるできたよー！」

そんなことを思っていると、彼女の声が聞こえた。

さっきまでおとなしく撫でられていたクロは俺の手から逃れ、勢いよく走っていく。

ここの子ども達は食べ物のことになると、動きが速い。

そして、誰が彼女の隣に座るのかという争いが始まった。

「俺も負けないからな！」

あれ？　俺はうどんを食べに孤児院に戻ってきたのか？

◇

全員分のうどんを準備して椅子に座る。

みんなで手を合わせて出る言葉は、異世界に来ても同じだ。

「いただきます！」

私が一人で言っているのを見て、子ども達も真似《まね》るようになった。

きっとこうする理由も意味もわかっていないだろう。

ちなみに今日隣に座っているのはちびっこ達だ。

アルヴィンがもうここに来ないと聞いて、私もいなくなるかもしれないと思ったのだろう。

アルヴィンが帰ってきても、ずっと私から離れなかった。

私はうどんを細かくして、ちびっこ達の器に移し替える。

ここにいる子で一番小さいのは、三歳ぐらいの猫の獣人だ。

猫だから猫舌なのか、熱いものを食べられない。

「ふーふー」

息を吹きかけて冷ましてあげると、他の子ども達もこっちを見ていた。

「しぇんしぇい、オイラのやつも冷まして？」

「私もあつくて食べられない」

子ども達は次々とうどんを持ってくる。

今まで普通に食べていた子まで手を止めてお皿を持ってきていた。

「オレもふーふーして！」

「なら俺も」

子どものクロはわかるが、なぜかアルヴィンまでそこに入ってこようとしている。

流石にそれはできないと伝えたら、あからさまにがっかりしていた。

獣人ではないアルヴィンにも垂れ下がった耳が見える。

無愛想で無表情だった彼はどこにいったのだろうか。

流石に可哀想だと思った私は、意識を逸《そ》らすために、気になっていたことを聞くことにした。

「そういえば、アルヴィンさんは何を忘れたんですか？」

クロの隣で落ち込みながらうどんを食べているアルヴィンに話しかける。

「ああ、あなたの名前を聞き忘れていた」

そういえば、初対面の時に言ったのに聞いてなかったね。

「私の名前はマミです」

「マミ……マミ先生か。そうか……ありがとう」

さっきまで落ち込んでいたのに、今度は嬉しそうにうどんを食べているアルヴィン。

あれ？　この人は本当に何をしに戻ってきたのだろうか。

うどんを食べ終え、アルヴィンは突然椅子から立ち上がった。

彼がピシッと姿勢を正すと、それを見た子ども達も背筋を伸ばす。

「俺……いや、私アルヴィン・ロジャーズは、騎士団を辞めてまいりました！」

突然の話に、私は食べていたうどんを吹き出してしまった。

「ちょ、何を言って――」

「だから一生、マミ先生と子ども達を守っていく」

私の頭は混乱した。何が何だかわからないが、プロポーズじみたことを言われたような。

アルヴィンに倣《なら》うようにクロも立って、手を胸の前に当てる。

「オレはママ先生を守っていきます！」

にやりと笑い合うクロとアルヴィン。

「オイラもしぇんしぇいを大事にしましゅ！」

「私も、先生みたいな綺麗なお姉さんになる」

次々と子ども達が宣言していき、残っているのは話せない子と私だけになってしまった。

嬉しいことばかり聞いていると、ついついうどんを食べる手が止まってしまう。

私は椅子から立ち上がり、みんなと同じように手を胸に当てる。

「私、マミ先生は孤児院の子ども達が幸せに暮らせるように、今後もあなた達のマミ先生でいます」

「先生はマミ先生じゃなくて、ママ先生だよ？」

不思議そうなちびっこの言葉に、くすりと笑いがこぼれた。

どうやら私はマミではなくママらしい。

聖女召喚に巻き込まれて、全てを失った可哀想な女性。

そんな私でもたくさんの大事なものを持っている。

私にあるのは、現代の医療知識と回復属性魔法。

それと可愛い孤児院の子ども達だ。

第四章　ママ聖女、身体測定をする

私は子ども達と遊んでいるアルヴィンに声をかけた。

「アルヴィンさん、今いいですか？」

「どうした？」

彼は私に声をかけられたのが嬉しいのか、すぐに駆け寄ってきた。

その両手足にはちびっこ獣人がぶら下がっている。

私も時折ちびっこ達と遊ぶが、彼みたいな体力はない。

それに、子ども達は以前よりも少し大きくなって、私では抱きかかえることができなくなった。

今じゃアルヴィンは、この孤児院に絶対に必要な人だ。

「この世界では、長さを計る時の単位って何が使われていますか？」

「単位？」

私はちびっこ達の成長を記録して残そうと考えた。

身体測定は子どもの健康状態や成長をモニタリングするために重要になってくる。

成長のペースや体重、身長の変化を追うことで発育に問題がないか確認することができるからだ。

「例えば、これってどれぐらいの大きさになりますか？」

私は近くにあったじゃがいもを一つ手に取った。

少し緑色になっているじゃがいもは、近くの市場で安く譲《ゆず》ってもらったものだ。

いろんなことに使えるじゃがいもは便利食材の一つだ。今ではこの孤児院の主食になっている。

それでも、まだまだ貧乏孤児院なのは変わらないが。

「あー、これなら薬草一枚分くらいだな」

どうやら、薬草の葉の大きさにたとえて数えているようだ。

「じゃあ、この少し大きいじゃがいもは？」

「それは薬草一枚と鋸歯《きょし》二個分だ」

「きょ……し？」

鋸歯とは、葉のギザギザの部分のことを言うらしい。

あまり聞いたことのない言葉だったので、一瞬何を言っているのかわからなかった。

薬草の葉には鋸歯がちょうど十個付いている。

薬草が大体十センチメートルだから、鋸歯が一個あたり一センチメートルになる。

それがわかれば簡単だ。

「長さを測る道具とかはありますか？」

あとはメジャーがあれば、体重以外は身体測定ができる。

「いや、そういう道具はない。だいたい感覚的に決めることが多いな」

どうやら道具がないから目分量で計測しているらしい。

思っていたよりもこの国の教育水準は高くないようだ。

アルヴィンにお礼を言って、この間使ったカーテンの切れ端を取り出す。

「しぇんしぇい、なにしてるの？」

アルヴィンの右腕にぶら下がっていた子どもが、不思議そうに私を見上げた。

彼はトラっぽい獣人で〝トト〟と呼ばれている。

子どもたちは何の獣人なのか、はっきりとはわからないので、各々《おのおの》の見た目で判断している。

トラっぽいと思ったのも、髪の毛が金髪で、黒のメッシュが入っているからだ。耳も猫に比べて丸い。

「これでメジャー……長さを計測する道具を作れないかなと思ってね」

私はアルヴィンの隣で、カーテンを切って目盛りをつける。

私の手の大きさは約十五センチメートル。両手を縦に並べたところに印をつけて、大体のところで三等分にしたら約十センチメートルの目盛りができるのだ。

それをまた十等分にしたら、一センチメートルの出来上がり。

そしてそれを一メートル分準備したら、簡易メジャーが完成する。

学生の時に手の大きさを測っておいて良かったと思った。

「あなたは高等教育を受けていたのか？」

「高等教育？」

高等教育とは高校のことを言っているのだろうか。

「俺が通っていた騎士学園でも、今のように大きさを測る方法を教えていた」

なるほど、高等教育とはアルヴィンの言う騎士学園レベルの教育のことを指すのだろう。

どうやら私が知っている知識を教えるだけでも、多少は子ども達の勉強になりそうだ。

「じゃあ、みんな一列に並んでねー！」

「はーい！」

早速メジャーを作り終え、子ども達に一列に並んでもらう。ただ、それが問題だった。

「オイラが一番だ！」

「オレが一番！」

「キキが先だもん！」

「ダメ！」

みんなで一番前の取り合いになっていた。

「なら、ここは俺が一番前に――」

代わりにアルヴィンが一番前に並ぼうとして、子ども達に怒られていた。

アルヴィンも身体測定をしてもらいたいのだろうか。

「くく、アルヴィンさんはメモ係ですよ？」

「えっ……」

悲しそうな顔で私の顔を見ているが、流石にたくさんいる子どもを一人で測定して記録するのは大変だ。アルヴィンには助手をしてもらう。

そう指示を出すと、彼は渋々私の後ろに座り、木の板を準備した。

「オイラが先！」

「オレが一番お兄ちゃんだからオレからだ！」

「クロばかり、ずるい！」

特に順番で言い合いをしていたのはトトとクロ。そして、キツネの獣人キキ。

キキのことを勝手にキツネの獣人だと思っているのは、耳が猫獣人より少し大きいからだ。

そんな三人は孤児院に来てから、私にべったりしている。

キキは一番初めに経口補水液を飲んだ子だ。

彼女は前の孤児院の管理人達が何をしていたのか、詳しく教えてくれた。

キキはちびっこ達のリーダー。

トトはやんちゃ達のリーダー。

クロは孤児院のリーダー。

こんな感じで、役割分担が決まっている。

今まで甘えられなかった分、私のことになるとお互いに闘争心が剥《む》き出《だ》しになるのだろう。

このままだと殴り合いの喧嘩《けんか》が起きそうだ。

あまりにも順番が決まらなかったため、私はある必殺技を使うことにした。

「先生は他人《ひと》に譲《ゆず》れる優しい子が好きだな……」

アルヴィンに聞かれて大人気《おとなげ》ないと思われるのも嫌なため、小さな声で呟く。

すると、子ども達の耳がぴくぴくとしていた。

獣人だからか、彼らは小さな音に敏感なので、どれだけ小さな声で話しても聞き取ってしまう。

「ここは優しいオイラが譲ってあげよう」

「オレはお兄ちゃんだから、ちび達に譲るぞ」

「キキも譲る。だけど先生といる」

キキは順番を譲る代わりに私に抱きついてきた。

そんなことをしたら他の子達が黙っちゃいない。

「あっ、オイラも！」

「キキ、抜け駆けはダメだぞ！」

次々と子ども達が集まってきて、最終的には揉みくちゃにされてしまう。

可愛い姿にほっこりするが、ずっとこの調子だと身体測定が全くできない。

「身体測定が終わらないと、ちゅるちゅるはなしですよ！」

「えー!?」

まさかうどんが必殺技を超えた最終兵器になるとは思いもしなかった。

うどんと私を天秤にかけて、みんなゆっくりと名残惜《なごりお》しそうに離れていく。

耳と尻尾が垂れ下がって、だんだん可哀想に見えてくる。

もちろん、子ども達にご飯をあげないという選択肢はない。

もし彼らの食べるものがなければ、私が我慢すれば良い。

この孤児院のママ先生になった時、それぐらいの覚悟はした。

「どうする？」

「んー」

みんな私から離れたものの、順番をどうするかはまだ迷っているようだ。

「じゃあ、お兄ちゃんのクロが見本を見せようか！　その後は年齢順に並んでね」

年齢の把握をするために、年齢順に並ぶように伝えた。

するとみんなそれぞれの年齢は知っているようで、すぐに一列になった。

「じゃあ、年齢を言ってから服を持ち上げて待っててね」

「クロ四歳」

「えっ、クロって四歳なの？」

痩せていても小学一年生ぐらいだと思っていたが、まさかの四歳だった。

「獣人は人間より成長が速いからな」

アルヴィンによると、どうやら種族毎《ごと》に差はあるものの、この世界の人たちは大人びた見た目をしているらしい。彼も私より年上かと思っていたけれど、まさかの年下だった。

しかし、獣人の成長速度はさらに速いようだ。

「見た目の話をしたら、マミ先生は学園に通うぐらいの年齢に見えるぞ？」

「いえ、流石に……」

すぐに否定しようとしたが、アルヴィンは私の顔を見て頷いていた。

私は苦笑いして、身体計測を始める。

「少しくすぐったいかもしれないけど、我慢してね」

私は簡易メジャーを持ってクロのお腹に手を回した。

クロはムズムズするのか、クスクス笑っている。

「腹部は四十五センチメートル……じゃなくて、薬草四枚と鋸歯五個です」

私の言葉を聞いて、アルヴィンは木の板に文字を彫っていく。

一通り測り終えてメジャーを離すと、クロはどこか寂しそうな顔で私を見上げた。

「もうないの？」

「ならぎゅーしようか？」

腹部を測っている時に手を回していたため、クロはハグしている感覚になっていたのだろう。

私が手を広げると、ぎゅっと抱きついてきた。

私の肩に顔をスリスリするクロ。干したばかりの布団のような匂いがする。

しばらくすると満足したのか、クロは私から離れていった。

「じゃあ、次お願いします」

「ハム四歳！」

次は小動物っぽい男の子の番だ。

彼はきっとハムスターの獣人だと思っている。

特に甘えん坊ではないが、いつもビクビクして周囲の様子を窺っている。

犬、トラ、キツネに比べて、ハムスターはどちらかといえば弱い方だから、少し馴染《なじ》めない部分があるのかもしれない。

それでも一緒に住んでいて、大変そうな時にはお手伝いをしてくれる優しい子だ。

一度クロが見本を見せているためか、それを見習って問題なく進んだ。

「ぎゅーは？」

クロとのやり取りを見ていたからか、終わりのハグを求めてきた。

私はハムにもハグをする。

「ハムはサラサラでもふもふだね」

気づいた時には、それが腹部を測る時の終わりの合図になっていた。

結局全員を測り終えるのに、一時間以上かかってしまった。

ただ、私にとってはもふもふを堪能《たんのう》できて幸せな時間だった。

動物の種類によって体形の違いはあるものの、みんな肋骨の浮きはなくなっており脂肪が付いてきた。体重計がないため正確な情報はわからないが、痩せすぎなところからは脱却できたような気がする。

ちなみに、身長は耳が頭の上に付いているため、どう測れば良いのかわからなかった。

とりあえず、各々耳を持って邪魔にならないように立ってもらったが、その姿が可愛らしかった。

耳が立っちゃう子は、一生懸命押さえていてもぴょんぴょんしてしまう。

終いにはウルウルした目で謝ってくるから、もう可愛さに悶絶《もんぜつ》した。

身体測定が終わり、やっとお昼ご飯の時間が来た。

今日はみんなに言った通り、うどんを用意している。

「今日のちゅるちゅるは一味変えて、とろろを入れてみました」

「とろろ?」

子ども達は首を傾げていた。

最近見かけた長芋みたいな形をした野菜を購入し、細かく刻《きざ》んだところ粘《ねば》り気《け》が出てきた。

味もほぼとろろと変わらなかったため、うどんに入れてみたのだ。

しかも、今日は冷やしうどんだ。

アルヴィンに水の温度を変えられるか確認したら、試したことがないと言われた。

やってみたら氷は出来ないものの、冷たい水は出てきたため、それで一度つゆを冷やしている。

日本ではよく見かける〝冷やしとろろうどん〟だ。

「いただきます!」

早速手を合わせて食べる。

きっと子ども達は変わった食感に驚くだろう。

「ゴホッ!」

アルヴィンは思った通りの反応をしていた。

とろろうどんは一気に吸い込むと、うどんよりもたくさん口の中に入ってしまう。

そのため、咀嚼《そしゃく》する前に喉の奥に入りそうになるのだ。

「あはは、ゆっくり食べないと喉に詰まっちゃいますよ。こうやって少しだけとって食べるといいですよ」

私はうどんを数本取って口に入れた。

子ども達は今まで食べるものがなかった影響か、食べることに関しては必死だ。

そのため食べる速度が速く、あまり噛まずに咀嚼する特徴がある。

小さい頃にしっかり噛まないと、歯ぐきや顎《あご》を鍛えることが出来ない。

歯の発育や咀嚼機能は、子どもの時からしっかり教育して鍛えさせようと思っていた。

ただ、いくら聞き分けが良い子ども達でも、食べものを前にするとなかなか言うことを聞かない。

そこでとろろうどんを使ってみたのだ。

アルヴィンが苦しそうになっているのを見て、子ども達はゆっくりと食べ始めた。

まずは柔らかいうどんからと思い、出してみたが、思ったよりも効果はあったようだ。

「アルヴィンさんはお水を飲んでくださいね」

咽《む》せているアルヴィンにお水を渡して、背中を優しく撫でる。

それがいけなかったのだろう。

クロ、トト、キキが私達の方を見ていた。

「ゴホッ！」

「ゴホッ！」

「ゴホッ！」

獣人三人組がわざと咽せる真似をし始めた。

きっと背中を撫でてほしいのだろう。

「ご飯で遊ぶ子は取り上げますよ？」

少し強めな態度で怒ると、三人とも耳と尻尾が垂れ下がっていた。

今まで本当に愛情不足だったのだろう。

私に構ってもらいたくて、本当にあの手この手で注目を集めようとする。

もっと子ども達の面倒を見て、良い子にしていた時に優しくしてあげた方が良いのだろう。

保育士でもないし、自分の子どもがいたわけでもないため、まだまだ子どもの扱いは手探りだ。

「アルヴィンさんも、そんなドヤ顔してないで食べてください」

「ドヤ顔ってなんだ……？」

以前から無表情で無愛想でも、どこか子どもっぽいところがあったアルヴィン。

そんな彼は前よりもずっと表情が豊《ゆた》かになった。

これも子ども達の影響なんだろう。

我が子達は誰が見てもめちゃくちゃ可愛いからね。

「なぁ、ドヤ顔って何かわかるか？　俺の顔に何かついているか？」

「くち！」

「そうだよな……」

アルヴィンは天然なところがある。

子ども達に聞いていたが、納得できる答えは得られなかったようだ。

食事を終えた後、私はリーダーの三人組にちびっこ達の面倒を見るようお願いした。

彼らが遊んでいる間に、私はアルヴィンに勉強を教えてもらおうと思っている。

この間、冒険者ギルドに行った時に、私は文字は読めても書くことはできないのだと気づいた。

文字を見たらなんとなく意味がわかるのに、いざそれを書こうとしても書けない。

多分、召喚魔法の影響なのだろう。

だが、いつか子ども達に教育を施《ほどこ》そうと思っているのに、私がそんな状態では話にならない。

それに、この国の教育レベルを知る必要があると思ったのも理由の一つだ。

だがその前に、まずはやるべきことを終わらせないといけない。

「四歳の平均身長は百二十センチメートルぐらいか……やっぱり大きめですね」

詳しくは覚えていないが、私も小学生になる頃にはこれぐらいだった気がする。

栄養を全く取れなかった子達でこの大きさなら、本来はもっと成長が速いのだろう。

板に炭で計算式を書いていると、アルヴィンは不思議そうな顔でこっちを見ていた。

「見たことのない文字だが、やはりマミ先生は俺達より頭が良いんだな」

そう言われると気恥ずかしい。

数が多くて難しそうに見えても、割り算だから、小学生高学年で習うようなレベルだ。

「そんなことないですよ。少し計算ができるのと、人より体の構造に詳しいだけです。それに、この世界の文字は書けませんし……あの、良かったらこの世界のことと、文字を教えてください」

「では、俺のお願いを聞いてもらってもいいか？」

「お願いですか？　私ができることならいいですよ」

頷くと、アルヴィンは腹部を測ってほしいと言った。この国には身体測定という概念がないため、子ども達を測っている時に自分がどれぐらいか気になっていたらしい。

それくらいなら、と快諾《かいだく》したところ、アルヴィンはなぜか私の前で服を脱ぎ始めた。

「え！　あの……ちょっと流石に、私の方が恥ずかしいです」

「だが、子ども達はこういう風にやっていただろう？」

目の前には鍛え上げられた腹筋がある。

私を軽々運べるような人だから筋肉質だろうとは思っていたが、ここまで引き締まっているとは思わなかった。

私は自分の頬が熱くなるのがわかって狼狽《うろた》える。

「マミ先生、頼む」

アルヴィンは戸惑う私の手を取って、腰に手を回してきた。

姿勢を崩した私は、彼の腹筋にダイブする。

「すみません！」

急いで顔を離してメジャーで腹部を測ろうとするが、腕が短いため中々届かない。

結局密着しないといけないのは変わらないようだ。必死に手を伸ばして、腹部を測る。

「腹部は八十五センチメートル、じゃなくて、薬草八枚分と鋸歯五個分ですね」

視線を上げてアルヴィンに伝えると、なぜかアルヴィンの顔は真っ赤になっていた。

「すまない」

「いいえ……？」

私が体を離すと、アルヴィンは急いで服を着ていた。

「少し席を外す」

そう言った後、アルヴィンは叫びながらどこかに行ってしまった。

「ねーね、ママ先生」

「ん？」

しばらくして扉から入ってきたのはクロだった。

「アルヴィン兄ちゃんが〝上目遣いの目がー〟って叫んで走っていったけど、何かあったの？」

きっと私が腰に抱きつきながら、顔を上げたからだろう。

たしかにあの時アルヴィンからは、上目遣いに見えたのかもしれない。

「んー、私にはわからないから直接聞いてみて」

自分で説明するのは恥ずかしいため、濁《にご》して答えることにした。

それでも子ども達の目は誤魔化せない。

「しぇんしぇい、顔が赤いけど……？」

トトとキキも、クロの後ろから覗いていた。

「ははは、ちょっと暑かったからかな」

私は手で顔を煽《あお》ぎ、そそくさとその場から立ち去る。

文字については、また今度教えてもらうことにしようかな。

第五章　ママ聖女、冒険者に注意をする

眩《まぶ》しい朝日を浴《あ》びながら、私はアルヴィンと冒険者ギルドに向かっていた。

あの一件のせいで、彼と話すのは気まずいのだが、子ども達が妙に気にするので何事もなかったように接している。

「アルヴィンさんは冒険者ギルドに行くことは多いんですか？」

「いや、あそこは危ない奴らが多いから、あまり行かない。マミ先生も絶対に一人で行ったらダメだからな？」

アルヴィンの中では、冒険者ギルドは危ない人達の集まりという印象らしい。

一方、騎士達はちゃんと教育されていると評判なのだとか。

それは貴族出身の者が多いのも関係しているのだろう。

ただ、忘れてはいけない。この世界に召喚された私に一番初めに槍を向けたのも騎士だ。

私が考え込む中、アルヴィンは少し警戒した様子で、冒険者ギルドの扉を開けた。

「うっ……」

中に入ると、汗の臭いとアルコール臭が鼻の奥に突き刺さる。

朝から酒を飲んでいる人達がいて、私が中に入ると一斉に視線が集まった。

「おっ、聖女様だ。一緒に飲んでいかないか？」

私に声をかけてきたのは、この間骨折を治療した男だった。

まだ骨もくっついていないはずなのに、気にせずお酒を飲んでいるようだ。

私が必死に傷を塞いで止血したのに、彼はこんな仕打ちをする。

「貴様、マミ先生に近寄るな」

患者指導もせずに、彼を放置した私が悪いのかもしれない。

「おいおい、聖女様に酒を一杯おごる程度で――」

私は彼が持っていた酒をそのまま奪い取る。

ただ、力が弱い私では奪いきれず、グラスを落としてしまった。

――パリン！

その音に、周囲の空気が固まった。

「そんなに酒が飲みた――」

「あなた、骨折しているのを忘れたんですか？」

治療の時、生まれたばかりの子どもがいると言って泣いていた。

そのくせ、仕事ができる状態でもないのに、生まれたばかりの子どもと奥さんをほったらかして
朝から酒を飲んでいる。

「えっ……」

「アルコールはカルシウムの吸収を妨《さまた》げ、骨の修復力を低下させます。また、骨形成細胞の活動を

抑制するので、骨折の治癒が遅れる可能性があります」

国家試験の勉強をした時、黙々《もくもく》と呪文のように唱えていた言葉だ。体が覚えていたらしい。

「……」

「お酒を飲めば飲むほど、骨がくっつきにくくなりますし、このままだと冒険者として復帰できなくなりますよ？」

少し大袈裟に伝えたが、ピンやボルトで固定したわけではないため、今後どうなるかは私にもわからない。ただ、男は顔を青くしてその場で立ち尽くしていた。

同じ怪我をした人達も、お酒をテーブルの上に置いている。

「あなた達は私を聖女と言いますが、完全に治したわけではないです。傷を塞いでくっつきやすくしただけです」

「そうか……すまない」

私は布を取り出して、彼の顔を拭いていく。お酒が少しかかってしまったのだ。

「私も大好きなお酒を無駄にしてすみません」

「いや、俺の方が悪かった」

怪我をしている男性も反省しているようだ。

ただ、お酒が回っているのか顔が少し赤くなってきた。

「こういう時こそお酒を飲むより、奥さんやお子さんと過ごしたらどうですか？」

私の言葉に男達は声を上げて笑った。

「ははは！　聖女様、流石にそれはないですよ」

「家事を押し付けられたらたまったもんじゃない！」

彼らの言葉に、私はむっとして言い返す。

「家に帰らないと、奥さんと別れることになるかもしれないのに？」

「ん？　なんでだ？」

「育児だけでも大変なのに家のことや仕事もやって、それでいて夫は昼間ずっとギルドでお酒を飲んでいるなんて誰だって辛くなりますよ。私だったら手伝ってほしいです」

それに、働けない今だからこそ、家族と一緒に何かをする時間を大事にしてほしい。

私が孤児院のママ先生として働くようになったからこそ、そう思ってしまう。

子どもってすぐに成長するし、ちびっこ達は良い子ばかりだけど毎日が大変だ。

「私なら、頑張って働いているお父さんが、お母さんと仲良くしている姿を見たいですね。気分転換も大事ですけど、お酒はほどほどにしてくださいね」

彼らは命懸《いのちが》けで依頼をこなしているから、その息抜きにお酒を飲むのは私も理解できる。

それでも、子どものことを思うと言わずにはいられなかった。

男達はお互いに顔を見合わせている。

「そうか……」

「あっ、でしゃばり過ぎてすみません」

「いやいや、聖女様に言われてしっくり来たよ。最近妻がずっと怒っていたのは、そのせいかもしれないな」

何人かの男達は急いで荷物をまとめていた。きっと彼らは家庭を持っているんだろう。

「助かったよ。ありがとう」

「こちらこそ、言い過ぎてしまいすみませんでした」

頭を下げて謝ると、患者だった男は気にしないでくれと言いながら私の肩に手を伸ばした。

だがその瞬間、パチンという音がして男が手を引っ込める。

「……聖女様も大変だな」

そう呆れたように笑って、彼は自宅に帰っていった。

「どうかしました？」

「変な虫が飛んでいたので払っただけだ」

アルヴィンが手をぶらぶらさせていたのが気になって聞くと、虫を払っていたようだ。

異世界にも虫はたくさんいるので、守ってくれるのは助かる。

特にあのゴキブリ似のやつは私には無理だ。

「ありがとうございます」

「ああ」

アルヴィンは嬉しそうに私の隣を歩く。

私が受付に向かうと、受付嬢は目を輝かせていた。

「聖女様は女性の鑑《かがみ》です！」

「ふへっ⁉」

「私達女性はあまり男性に文句を言うことができないんですよ。体の大きさの違いがありますし……」

きっと彼女も冒険者ギルドで働きながら、色々なものと戦っているのだろう。

血気盛んな人が多い冒険者ギルドで言い合いをして、暴力を振るわれたら女性は勝てない。

私も隣にアルヴィンがいたからできた行動だ。

冷静にならなければいけないのは私の方だった。

「私も少しやり過ぎたので気をつけますね」

感情的になったらこの国では命に関わることを忘れていた。

そう思うと、冒険者ギルドにいる人達は優しい男性が多い。

「ははは、聖女様はやはり聖女だな」

受付の奥から大柄な熊《くま》のような男が出てきた。

「えーっと……」

「俺はここのギルドマスターだ。この間は、俺が不在の時に仲間を助けてくれてありがとう」

立場がある人がこんな風に頭を下げるなんて、ここはきっと良いギルドなんだろう。

私が働いていた病院とは大違いだ。

「私の方こそ、出過ぎたことを言ってしまいました。申し訳ないです」

「まだまだ若いのに素直でよろしい」

これはひょっとして、私を十代と間違えているのだろうか。

この世界基準では童顔なのだろうが、もう三十路《みそじ》なので、かなり恥ずかしい。

「それで、聖女様はここに用があったのか？」

「あっ、私でもこなせるような依頼はありますか？　孤児院の運営にどうしてもお金が必要なんですよね」

「孤児院!?　それってあの……」

彼は孤児院という言葉が引っかかったようだ。

「聖女様は本当に、獣人の孤児院で働いているのか？」

「そうですよ？　あの子達、もふもふしてて可愛いですよね」

たとえるなら、甘えてくるぬいぐるみのようなものだ。

「こんな話をしていたら会いたくなってきました」

今頃クロ達は一生懸命ちびっこ達の面倒を見てくれているのだろう。

お土産《みやげ》に美味しいものを買っていってあげよう。

「そうか……やはり君は聖女で間違いないようだな」

「私達も孤児院の子ども達のことが気になっていたんです」

受付の女性曰く、冒険者ギルドの職員は、前から孤児院の前を通る度《たび》に声が聞こえないことを気にしていたらしい。

「俺達は貴族と関わりたくないからな」

国営である孤児院の歴代運営担当者は、城に勤《つと》める貴族だ。その貴族に代理として派遣される管理人が国から運営費を受け取り、子ども達の面倒を見ていた。

とは言っても、キキ達の話によれば歴代の管理人はみんな獣人嫌いで、日常的に虐待が行われていたようだが。

しかし、一般人が手を出せば、貴族の領分を侵《おか》したとして罪に問われる可能性があったらしい。

前の管理人の事件が明るみになり、今は宰相が直接資金援助をしている段階だ。

このまま国ではなく、民間で孤児院の運営ができるようにするのが理想なんだろう。

「俺らに手伝ってほしいことがあったらすぐに言ってくれ。冒険者達は聖女様の味方だからな」

「おう、俺達は聖女の力になるぜ！」

「そうだ！　俺と結婚してくれんか！」

「おまっ、抜け駆けはダメだぞ！　聖女様は俺と結婚するんだよ！」

話を聞いていた冒険者達が、わいわいと盛り上がっている。

彼らもどこか、孤児院にいる子ども達と似ているような気がした。

ただ、それを見たアルヴィンが、なぜかピリピリしているけれど。

ギルドマスターに依頼を見せてもらうと、街の中の依頼は力仕事が多く、私にできることは少なそうだった。肩を落とした私に、ギルドマスターは、怪我人が出たら緊急依頼を出すので治療をしに来てほしいと言った。緊急依頼は普通の仕事よりも高い依頼料が支払われ、月一回あれば普通の家庭なら生活していける額らしい。

看護師としてはなるべく緊急依頼はない方が良いが、孤児院の状況を鑑《かんが》みるとお金が必要なため、毎回複雑な気持ちになりそうだ。

「お金がないのは困っちゃいますね」

ギルドを出た私達は、今日の食材を調達するために商店街に向かった。

「俺が騎士を辞めたばかりに……」

「いえいえ、全てをアルヴィンさんに頼るわけにはいかないです」

今は宰相からもらったわずかな資金とアルヴィンから借りたお金を頼りに、どうにか食べ物を買っている。

今後お金がなくなることを考えると、自給自足の生活も視野に入れたい。

「この辺って食べ物が取れる山とかはないですか？」

山なら山菜や果物が、川があれば魚が取れるかもしれない。

流石に未経験の私が採取するには時間がかかるけど、食材がないよりはマシだ。

「山は魔物がいるから危ないぞ」

「ああ、魔物ですか……」

この世界には魔物という、動物よりも凶暴で人を襲《おそ》ってくる生物がいる。

孤児院にいたゴキブリ似の魔物も、体を這い上がって襲ってくるらしい。

考えただけでも鳥肌が立つ。

「魔物って食べられないんですか？」

ゴキブリ似の魔物は菌をたくさん持っていそうだが、牛や豚に近い魔物なら食べても良さそうな気がしてきた。

「いや、魔物は基本的に食べることができないんだ」

魔物を食べたら普通の人は死ぬと言われている。

それは、魔物に流れる魔力と人に流れる魔力が別物だからだ。

その魔力が体内で反発して、何かしらの症状が出るということらしい。

「コックローチ程度の魔力なら、食べてもきっと大丈夫だろうけどな」

そう言われても私は食べる気にならない。

「あら、マミさん久しぶりね！」

声をかけてくれたのは、いつも野菜を買っているお店の女性だった。

私はよく芽が出たじゃがいもを彼女から激安で購入している。

芽が出ていると言っても、売り物にできないぐらいで、食べられないわけではない。

この世界では芽が出たら食べられないという認識らしいが、皮を剥いて緑色ではないことを確認し、芽とその周りをしっかり取り除けば問題はない。

それでも一応、毒となる成分のソラニンが消えるように願いを込めながら調理をしている。

手から光が出ているため、魔法も一応発動しているのだろう。

子どもがソラニンを摂取すると、大人の十分の一の量で症状が出てしまう。

できればちゃんとしたじゃがいもを買ってあげたいが、お金がないため仕方がない。

「そういえば今日、夫が急いで帰ってきたのよ！　なんでも、聖女様に奥さんに捨てられるって言われたらしくてね」

彼女の隣では、体格が良い男性が他の客の相手をしていた。

きっと冒険者の彼は急いで帰ってきて、店の手伝いをしているのだろう。

「たまには、こういう日があってもいいわね」

そう言って女性はにこやかに仕事をしていた。

いつも朝から出て夜遅くに酔っ払って帰ってくるため、一緒にいる機会が少なかったようだ。

少しでも夫婦の時間を作るきっかけになったのなら良かった。

私がいつものように芽が出たじゃがいもを買おうとしたら、今日は気分が良い日だからとタダにしてもらえた。

恐縮しながら他にも少しだけ野菜を購入して、私達は孤児院に戻った。


「ママ先生！」

「しぇんしぇーい！」

孤児院に帰ると子ども達が我先にと寄ってきた。

あまりの勢いにのけぞりながら、あることを言う。

「みんなちゃんと手を洗ったかな？」

「うっ⁉」

「ギクッ⁉」

子ども達はその場で足を止めて、手洗い場の方へ走っていく。

必殺〝手洗いはしたのかな〟作戦だ。

この国では元々そういう習慣がないのか、食事前や遊んだ後も手を洗わないのだ。

そのため子ども達には、何か作業をする前後や食事を食べる時は、必ず手洗いをするように言っている。石鹸はなくても水で砂や泥を落とすだけで、だいぶ変わる。

「俺は手を洗った」

隣ではアルヴィンが水属性魔法を使って手を洗い、風属性魔法で乾かしていた。

アルヴィンを見ていると、本当に魔法が使えるだけで楽な生活ができるのだなと思う。

「洗ってきたよー！」

子ども達は手を前に突き出して戻ってきた。私に確認をしてもらいたいのだろう。

一人一人洗えているか確認すると、嬉しそうに抱きついてきた。

「しぇんしぇい中に入ろう」

トトが手を引っ張ってくるため、私も孤児院に入る。

振り返るとアルヴィンが立ち止まり、手を握っては開きを繰り返している。

何かあったのだろうか。

「アルヴィンさんは中に入らないんですか？」

「俺も手を洗ったのに……」

独り言を言っているが、私には聞こえない。

自分だけ子どもが寄って来なかったことに落ち込んでいるのだろうか。

「クロ、アルヴィンさんを呼んできて」

「わかった」

クロは渋々私の手を離して、アルヴィンのもとへ向かった。

「アルヴィン兄ちゃん、ママ先生にはちゃんと言わないと気づかないよ」

「そうだな」

何か男同士の話をしているのだろうか。二人は小声で会話していることが多い。

「ママ先生、今日のご飯は？」

「今日のご飯はコロッケです！」

「コロッケ？」

たくさんのじゃがいもをもらったため、すぐに芽が出そうなものから食べないといけない。

そこで思いついたのがコロッケだ。

コロッケと言っても揚《あ》げることはできないため、焼きコロッケになる。

「私がじゃがいもの処理をするから、アルヴィンさんはお肉を細かくしてもらってもいいですか？」

アルヴィンは包丁を持って首を傾げている。

肉を細かくすると言われても、どうすればいいのかわからないのだろう。

工程は簡単で、肉を小さく切ってとにかく叩くだけだ。

実際にやって見せるとすぐに理解してくれた。

「しぇんしぇい、オイラ達は？」

「んー、みんなにはパンを細かくしてもらおうかな」

パン粉の代わりに、柔らかめのパンを手で小さく千切《ちぎ》ってもらう。

子ども達の小さい手なら、大人の私やアルヴィンよりは細かく千切れるだろう。

小さく切ったパンを一つずつ持たせて、隣の部屋で作業してもらう。

「それは食べちゃダメだぞ！」

「お腹すいた……」

「私も」

「これが終わったら、ちゅるちゅるより美味しいご飯が出てくるかもしれないよ」

「ほんと!?」

子ども達はお腹が空いて、手にしているパンを食べたくなったのだろう。

それをしっかり三人組が注意しているようだ。

子ども達のためにも、作業する手を速める。

じゃがいもの皮剥きは緑の部分を落とすため、切りすぎても問題ない。

アルヴィンに用意してもらった水を沸騰《ふっとう》させ、そこにじゃがいもを入れて茹でていく。

「マミ先生、これでいいか？」

アルヴィンが細かく刻んだお肉は、しっかりとひき肉のようになっていた。

「ママ先生……」

子ども達もパンのちぎり作業を終えたようだ。

ただ、さっきまで元気だったクロが落ち込んでいる。

「ごめんなさい。オレが止められなくて」

渡されたお皿にはパン粉が載《の》っている。

ただ、思ったよりも量が少なくなっていた。

きっとつまみ食いした子がいて、代わりにクロが謝っているのだろう。

「ハムは口元を洗ってきなよ」

「ギクッ⁉」

ハムの頬は少しぷっくりとしていた。ハムスターには頬袋に食べものを溜め込む習性がある。

他にも数人口元にパンくずが付いている。必死に私から目を逸らしているが、逆にわかりやすい。

クロはビクビクしながら、頭を私に差し出した。

きっと以前ここに勤めていた先生は、子どもを叩いていたのだろう。

怒られると思って、みんなも震えている。

「代わりに謝れるなんてえらいね」

そんなクロの頭を撫でると、驚いた顔をしていた。

子ども達の体と心に刻まれた傷は中々癒《い》えないようだ。

「ママ先生、好き」

クロは目を輝かせて抱きついてきた。

「先生、僕も食べました」

「私も」

ちびっこ達は次々と自白し始める。最終的には私の手を持って、頭の上に置く子まで現れた。

今すぐもふもふしたいが、ここはキッチンで危ない場所だ。今も近くでじゃがいもを茹でている。

「またみんなに手伝ってもらうけど、今度はちゃんとできるかな？」

「うん！」

「じゃあ、向こうの部屋で待っててね！」

「はーい！」

子ども達は元気に隣の部屋に戻っていった。

私は茹で上がったじゃがいもをアルヴィンに冷やしてもらい、その間に玉ねぎとひき肉を炒《いた》める。

美味しそうな匂いが部屋中に広がっていく。

「これがコロッケ……か？」

「いえ、まだここから形を整えて焼きます」

アルヴィンとともにテーブルに持っていくと、子ども達はよだれを垂らしながら待機していた。

「しぇんしぇいできた？」

「まだ半分ぐらいよ」

お腹が減っているのに手伝わせて、申し訳ない気持ちになってしまう。

「僕我慢しゅる」

「見なければお腹減らないもん！」

子ども達は必死に空腹と戦っていた。

可愛いちびっこを微笑ましく思いながら、じゃがいもを潰してひき肉と混ぜていく。

その光景を子ども達はずーっと眺めていた。

「どうしゅるの？」

「こうやって丸めて形を作ります」

私は手本を見せようと、楕円形《だえんけい》に成形してコロッケの種を作る。

もちろん真ん中に少しくぼみを作って、火が均一に通るようにするのも忘れない。アルヴィンが水属性魔法を使って冷たい水でじゃがいもを冷やしたおかげで、火傷《やけど》しなくて済んだ。

作り方を見せればあとは問題ない。私は種の形を崩してお皿に戻した。

子ども達も、私の真似をしてコロッケを作っていく。

それを見て、私は小さい時に両親と料理を作ったことを思い出した。こういう経験って、長く記憶に残っている気がする。

だからこそ、一緒にコロッケを作ろうと思ったのだ。

「ママ先生、これでいい？」

子ども達はコロッケの種を嬉しそうに見せてきた。

体の大きさが違うため、大きさと形はバラバラだった。

それでも楽しそうに作っている姿を見て元気をもらえる。

ハムは一際大きいのを作ろうと思ったのだろうが、手が小さいため諦めたようだ。

「バッター液につけたら、みんなが用意してくれた手作りパン粉をつけます」

卵、小麦粉、水で作ったバッター液に潜《くぐ》らせて、パン粉をつければあとは焼くだけだ。

「パン粉はしっかりつけてね」

揚げるわけではないが、破裂したらコロッケは美味しくない。

私はできた子から持ってくるように伝え、アルヴィンに面倒を見るようお願いした。そして、キッチンに戻り揚げ焼きの準備を始める。

「ちぇんちぇ、できた！」

ちびっこ達が次々とパン粉をつけたコロッケを持ってきた。

クロ達がお腹が減っている子に順番を譲っているのだろう。

甘える時は一番に来るのに、こういう時はしっかりとした孤児院のお兄ちゃんだ。

私は次々とコロッケを揚げ焼きして、できたものから食べるように伝える。

自分が作ったコロッケを受け取ると、子ども達は嬉しそうにテーブルに運んでいた。

「マミ先生、俺のも頼む」

最後は三人組とアルヴィンが持ってきた。

「お疲れ様」

順番はこれで最後だろう。

「これがコロッケか」

アルヴィンが肩に子どもを乗せて、遠くからできるのを見ていた。

本当にアルヴィンは孤児院の大きなお兄ちゃんのようだ。

「じゃあ、ご飯にしましょうか」

コロッケを揚げ終わると、テーブルでは子ども達が食べずに待っていた。

「どうして先に食べなかったの？」

「ちぇんちぇいと食べたかった」

お腹が減ってパンをつまみ食いしていたぐらいなのに。

その気持ちが嬉しくて胸が締め付けられ、ついつい泣きそうになってしまう。

「先生のは？」

「あっ……」

見本で一つ作ったが、すぐに形を崩して戻したのを忘れていた。

暑い中コロッケを作っていたため、頭がぼーっとしていたのだろう。

「私はみんなが食べている姿でお腹いっぱいだよ」

これ以上材料はなかった。しかし、一日ぐらい食べなくても問題はない。

私は子ども達の幸せそうな顔を見るだけでお腹いっぱいだ。

「しぇんしぇい、いっちょに食べよ」

「オレが一緒に食べる！」

「キキの分もあげる！」

それに気づいたのか、子ども達はお皿を持ってきた。

「ありがとう。一口だけもらうね」

私がみんなから一口ずつもらっていると、ハムがお皿を持って近寄ってきた。

「……もう食べちゃった」

お皿の上にはすでに何もなかった。私が来た時はお皿の上にコロッケが置いてあったため、来るまでは我慢していたが、すぐに食べてしまったのだろう。

ハムは頬袋に溜めたコロッケを必死に出そうとしている。

「シュン……」

誰が見てもわかるほどハムは落ち込んでいた。

「そこまでしなくていいのよ。私はその気持ちだけで嬉しいからね」

優しくハムを抱きしめると、他にもコロッケを食べたちびっこが寄ってきた。

「ちぇんちぇいに気持ちあげりゅ」

「あげりゅ」

ちびっこ達は必死に手を広げて、私に気持ちをくれようとする。

この子達はまだ、気持ちをあげるということがどういうことかわかっていないだろう。

ただ、ハグをしたら渡せると思っているのか、みんな抱きついてくる。

「ありがとう」

その後もコロッケを食べ終わった子達から、ハグという名前の気持ちを受け取った。

今日のご飯はコロッケよりも温かかった。

第六章　ママ聖女、食料不足に悩む

子ども達が寝静まった後に、今後のことについてアルヴィンと話し合うことにした。

「やはり食料問題が一番大きいですね」

子ども達が少しずつ元気になり、さらに食べる量が増えてきた。

獣人が他の種族よりも成長が速いのも関係しているのか、食いしん坊具合が加速している。

「昼間は俺が働きに出よう。冒険者じゃなくても、魔物の討伐をしたらお金をもらえる」

魔物の討伐は冒険者ギルドで受けることができるが、冒険者登録をしなくても討伐した証明として素材を売ればお金になるらしい。

「冒険者登録はしないんですか？」

「元々騎士だった者は掟《おきて》で登録ができないんだ」

ちなみに、貴族じゃなくても騎士学園を卒業すれば、元冒険者が騎士になることは可能だとか。

ただ、多額のお金が必要になるため、有名な商家出身の人ぐらいしかならないらしい。

しかし、反対に元騎士は冒険者登録ができない仕組みになっているそうだ。

騎士団を退団したからといって、その誇りと忠誠心を失うなということらしい。

冒険者への転向は、誇りと忠誠心を捨てたことになるのか。最悪の場合、処罰されることもあると言っていた。

「私や孤児院の護衛をしていたら、目をつけられたりしませんか？」

「ここは国が管理している場所なので問題ない。それに、俺よりマミ先生の立場の方がよほど複雑だ」

私は貴族でもないし、一般市民という扱いでもないらしい。

ちなみに聖女として召喚された橘さんは貴族の扱いだ。

話を聞いていると、孤児院の運営を民営化するのは難しそうな気がしてきた。

「今まで管理人を派遣していた貴族に、お金を出してもらうこともできないですもんね……」

「ああ、お金のことには厳しいゴールドピンチ子爵家だからな」

「フッ!?」

明らかにお金がなさそうな家名だったので笑ってしまった。

「自分の力でどうにかするしかないんですね。まず畑でも作ってみるのはどうですか？」

「畑？」

畑と言っても家庭菜園レベルだ。

孤児院には大きな庭があり、そこに元々畑だったのではと思えるほど土が柔らかい部分があった。

今は砂場としてちびっこ達が遊んでいるが、そこを畑にしたら良さそうな気がする。

「それなら子ども達もお手伝いできそうだな」

「農業の勉強にもなるからいい案ですよね」

「農業を学ぶのか?」

「野菜を作る過程や栄養、流通とかの勉強になると思いますよ。って言っても私もそこまで畑のことは知らないので……」

いざ、やると言っても講師がいないのが問題だった。

医療の知識はあるが、野菜の育て方は全くわからない。

ベランダで家庭菜園をした経験はあるが、比較的簡単なトマトやきゅうりしか育てたことがない。

せっかくなら主食にもなるじゃがいもに挑戦したいところだ。

一度野菜屋に畑を見せてもらえるように頼むことになった。

「ママ先生とアルヴィン兄ちゃんは寝ないの?」

私達の声に気づいたのかクロが起きてきた。

獣人は耳が良いから小さな音でも気になるのだろう。

「ああ、ごめんな。明日はクロにママ先生を守ってほしいんだが、いいか?」

「うん! オレが悪いやつを退治する!」

私が知らないうちに二人はずいぶん仲良くなったようだ。

「俺は明日魔物を倒してくるので、気をつけてくれ」

「わかりました。アルヴィンさん、ちゃんと無事に帰ってきてくださいね」

久しぶりに私達は別行動をすることになった。

これがあの事件の始まりになるとは、この時は誰も思わなかっただろう。

「気をつけてくださいね」

「たくさん魔物を倒してくる」

アルヴィンは久しぶりに鎧を纏い、街の外へ魔物討伐に向かった。

騎士時代にも護衛任務や修業のために、定期的に行っていたらしい。

「じゃあ、畑に行こうか」

「はーい！」

一方の私達は畑に向かう。

事前に野菜屋の女性に話をしたら、朝早く収穫するからそれを手伝ってほしいと言われた。

その時にじゃがいもの育て方を教えてくれるらしい。

「イモイモ！　イモイモ！」

「たのしみだ！」

「おてつだいー！」

クロを中心に、子ども達数人を連れて畑に向かうことにした。

ちなみに残りのちびっこ達の面倒はキキとトトに任せている。

子ども達が大きな声で歌っていると、街の人達は微笑んで手を振ってくれた。

アルヴィンが獣人はあまり好かれていないと言っていたが、それは貴族の教育がそういうものだからのようだ。

貴族は人族が一番だと思っている。

そのため、他の種族が住む隣国との関係はあまり良いものではない。

この辺で獣人を見たことがないのには、そういう理由があった。

それなら、孤児院に獣人がたくさんいるのは何故なんだろうか。

考えている間に、郊外にある住宅街に着いた。家々の周りに広がる大きな畑が目に入る。

「おはようございます！」

野菜屋の女性は、すでに夫と一緒に収穫作業を始めている。

「マミさんおはよう。そういえば、あなたが最近冒険者ギルドで話題になっている聖女だったのね！」

「あー、ついでしゃばりな性格が……」

「そんなことないわよ。そのおかげでこうやって夫も手伝ってくれるから助かるわ」

奥の方では冒険者の男性が手を振っていた。

いつもは女性一人で畑作業をしているが、今日は冒険者の夫も手伝ってくれているらしい。

あれから家族と過ごす時間が増えて、女性は助かったと言っていた。

この世界でも共働きの夫婦が多いようだ。

「今日はよろしくお願いします」

「おねしゃす！」

私達が挨拶すると、二人は優しそうな笑顔で受け入れてくれた。

今日はじゃがいもの収穫と育て方を教えてもらう予定になっている。

子ども達はどうやってじゃがいもができているのか知らないため、目を輝かせて話を聞いていた。

校外学習のような雰囲気で、みんなを連れてくればよかったと思ってしまう。

「聖女様、この間はありがとう」

「私も言いすぎてしまってすみません」

彼もあの場にいて怪我をしていた一人だ。

片腕を骨折しているため、片手で畑作業を手伝っていた。

「あれから人が変わったように妻が優しくなってな。まさか夜の方も解決するとは思わなかったぞ」

「あー、それはよかったですね」

そんなことを言われたら、セクシャルハラスメントになるのだけれど。

まあきっと、彼はお礼を言いたかったのだろう。

アルヴィンを見ていても思うが、この世界の男性は結構不器用な人が多いようだ。

「今まで子どもが欲しいって言っても、ずっと断られてきたからな……」

彼女は結婚しても仕事と家事で忙しく、子どもを授かることまで想像できなかったと言っていた。

日本みたいに産休や育休があるわけでもなく、冒険者は不安定な仕事だ。

そう思うと、彼女は働かないといけないという気持ちになっていたのかもしれない。

当事者にしかわからないが、異世界でも夫婦問題は尽きないようだ。

「ママ先生はオレが守るんだ！」

そんなことを思っていると、じゃがいもを持ったクロが走ってきた。

きっと私が何かされていると思ったのだろう。

「ははは、聖女様は本当に好かれているな」

「子ども達は私の騎士ですからね」

クロは冒険者の足を蹴っていたが、体格が大きい冒険者は痛くもかゆくもないらしい。

そんな男達が、自分は骨折して死ぬと思い込んでいたことに、ついつい笑ってしまう。

クロにお礼を伝えると、嬉しそうに笑っていた。

その笑顔に私もつい笑い返す。

「これは本当に兄ちゃんが頑張らないとすぐに取られちゃうな」

「えっ？　何か言いましたか？」

「いや、何でもない。犬の小僧もちゃんと強くなって聖女様を守るんだぞ！」

そう言って冒険者はクロの頭を撫でると、奥さんのもとへ戻っていった。

笑いながら話す二人を見ていると、愛する人がいることを羨ましく思う。

「まぁ、私はモテないから仕方ないか。クロ、今日はたくさん勉強するよ」

「うん！」

私はクロの手を引いて再び畑作業に戻った。

「見てみて！」

ハムは嬉しそうに掘ったばかりのじゃがいもを私に見せてきた。

「食べても――」

「ダメです！」

そう言うだろうと思っていたため、すぐに止めるとしょんぼりした。

「じゃがいもは生でも食べられるけど、生だと消化しにくいからお腹を壊すかもしれないよ？」

「本当にママさんって物知りね。もしかして貴族出身なのかしら？」

「いえいえ、昔母に教えてもらったんです」

私も幼い頃、じゃがいもをそのまま食べようとして怒られたことがある。

そんな私が今は子育てをしているって思うと驚きだ。

「ほらハム、落ち込んでないで、頑張って勉強しようね」

「帰ったら何か作ってくれる？」

「いいよ」

「わーい！　美味しいご飯作ってくれるって！」

ハムはみんなに声をかけて作業を続けていた。

素直な姿を見ると、私も頑張らないといけないなと思わされる。

「ママさんは立派なママさんだね」

「えっ⁉」

「子ども達があんなに楽しそうなんだもん。私も子どもが欲しくなってきちゃった」

笑顔で話す彼女も、母親のような表情をしていた。

畑作業は思っていたより大変だった。

畑を始めるといっても、じゃがいもを作るにはトマトなどとは違って手間がかかるらしい。

それでも種芋《たねいも》からたくさんのじゃがいもができるため、育てて損はなさそうだ。

私達は種芋と肥料をもらって孤児院に帰ることにした。

あまり遅くまで外にいると子ども達が心配するし、野菜屋の夫婦はお店の開店準備もある。

たくさんもらった荷物を持って、野菜屋夫婦と一緒に商店街に向かう。

「これでたくさんじゃがいもが食べられるね」

「それは食べちゃダメだぞ？」

ハムは種芋を口に入れようとして他の子に止められていた。

「ハムは食いしん坊だもんね」

種芋は食べるためのじゃがいもとは異《こと》なり、日光に当たって緑色になっている。

緑色になったものは病気になりにくいと言っていた。

もし、じゃがいもができたら小さいものを日光に当てれば種芋になるらしい。

ただ、できた時に明らかに病気を持っていそうなやつは使わないようにと言われた。

判断が出来ない場合、夫婦を呼べば確認してくれるそうだ。

改めて近所付き合いが大事なことに気づいた。

病気にならないように、あとで種芋に魔法をかけておこう。

「あっ……」

そんなことを考えていると、ハムが持っていた種芋が道端を転がっていく。

その先には勢いよく走る馬車の姿があった。

「危ない！」

声をかけても食いしん坊のハムには聞こえなかった。

私が飛び出したハムを庇うように前に出ると、目の前で馬車は急停止した。

「ハム、勝手に飛び出したらダメでしょ！」

普段怒ったことのない私の顔を見て、ハムは震えていた。

子ども達にとっては、怒られること自体がトラウマになっているのだろう。私はハッとして、安心させるようにハムをゆっくりと抱きしめる。

「ハムが死んだら私は悲しいよ」

「ごめんなしゃい」

ちゃんとわかってくれたのなら良かった。

あとは馬車に乗っている人達に怪我がないかの確認が必要だ。

いつも街中で見る馬車よりも、作りが大きく豪華に見える。

――ガチャ！

「私の道を遮《さえぎ》ったやつは誰だ！　今すぐ殺せ！」

中から怒声と共に小太りの青年が出てきた。

煌びやかな服を身に纏い、明らかに一般市民には見えない出《い》で立《た》ちだ。

そして服で隠せないほど不健康な体形である。

扉の隙間からチラッと見えた馬車の中には、全裸で項垂《うなだ》れる女性がいた。

しばらく出てこなかったのは、何か理由があったのだろう。

ぞっと鳥肌が立ったがかろうじて堪えて、私は頭を下げる。

「すみません。うちの子が――」

「ほぉ、お前の子どもは獣人か。醜《みにく》いやつの子どもを孕《はら》んだのか」

この言い様と、それを聞いても逆らおうとすらしない周囲の一般市民。

さらに、野菜屋の夫婦が盾つくなと言わんばかりに首を横に振るのを見て、私は相手が貴族だと確信した。貴族には逆らってはいけない。それが平民達の常識のようだ。

「いえ、私の子どもではありません」

「ふーん、そうか。ならお前が新しい孤児院の管理人か」

小太りな男は、こちらに来ると私の顔を掴んだ。

「ママ先生に触――」

「クロ、来ちゃダメ！」

近寄ってきたクロを、御者《ぎょしゃ》が突き飛ばした。

「獣の分際で私に近寄るな！」

何もできない。

いや、正確に言えば何もしない方が良い。自分の無力さに憤《いきどお》りすら感じる。

「シャアー！　しぇんしぇいを離せ！」

野菜屋の夫婦は他の子ども達が私のところに行かないように、抱きかかえて押さえつけていた。

「孤児院の管理人なら俺のものだからな」

男は私の頬から額にかけてをペロリと舐めた。

唾液の臭いが、顔面に残っている気がして吐き気がする。

それでも今は、ハムに危害が加えられないように守らなければいけない。

「ははは、お前気に入った」

男は私の腕を引っ張って、馬車に連れていこうとしている。

「ハム、逃げて」

小さな声で呟くと、耳が良いハムには聞こえたらしい。

軽く押すと隙間を抜けて他の子ども達のところへ駆け寄っていく。

私は最後までハムが無事なのかを確認するため、必死に足を踏ん張った。

「お前は私の――」

「悪いが、その手を離してもらおう」

声がする方を見ると、そこにはこの世界で唯一頼れる男性がいた。

「アルヴィンさん！」

アルヴィンは男の腕を掴んでいた。

「お前は……」

「アルヴィン・ロジャーズだ。この人の腕を離してもらおうか？」

アルヴィンは怒っているのか、以前のような無表情だった。

ただ、あの頃とは違って、伝わってくる怒りで肌がピリピリする。

アルヴィンがさらに手に力を入れると、男はその場で悶《もだ》えていた。

流石元騎士だ。ただ、貴族相手にそんなことをしても良いのだろうか。

「孤児院のやつらは俺のもの――」

「マミさんは俺の婚約者だ」

アルヴィンの声を聞いて、男は顔を青ざめさせた。

婚約者がいる人に手を出すことは、この国では禁止されているのだろうか。

そして、私はいつアルヴィンの婚約者になったのだろうか。

頭が追いつかないが、アルヴィンが今まで見たことないぐらい怒っているのはわかる。

「おい、馬車を出せ」

男は御者に声をかけると、馬車に戻り帰っていった。

あまりの出来事に強張《こわば》っていた体の力が、スーッと抜けていく。

「マミ先生！」

倒れそうになる私を、アルヴィンが抱きかかえるようにして支えてくれた。

子ども達も泣きそうな顔で近寄ってくる。

ハムなんてぐちゃぐちゃな顔で私に頬擦りをしている。

クロだけは、悔しそうにずっと手を握って立ち尽くしていた。

「アルヴィンさん、ありがとうございます」

「いや、俺の方こそ怖い思いをさせてすまない」

怖いというより気持ち悪かった。

今でも顔を舐められた感覚が残っている。

「魔法で水を出してもらっていいですか？」

「わかった」

アルヴィンに魔法で水を出してもらうと、宙に浮いている水の塊《かたまり》に顔を突っ込む。

もう少し周りを見ていればよかった。

それが今回の反省点だ。

冷たい水が私を冷静にしてくれる。

本当に子ども達が無事で良かった。

「ぷはぁ！」

私は勢いよく水の塊から顔を出す。

これで顔は綺麗になったし、気持ちも落ち着いてきた。

「マミ先生、何かされたのか？」

顔を洗っていた私が気になったのだろう。アルヴィンが険《けわ》しい顔で聞いてくる。

「しぇんしぇい、あいつにペロペロされてた」

あえて言わなかったのに、見ていた子どもが言ってしまった。

「はぁん!?」

「ヒイイイィィ！」

あまりにもアルヴィンの顔が怖かったようで、子ども達が逃げてきた。

「アルヴィンさん落ち着いてください。顔を洗ったので大丈夫ですよ？」

「でもあいつに――」

「アルヴィンさんも舐めますか？」

「へっ……ふえっ!?」

「ふふふ、冗談ですよ」

冗談で言ったが、彼を落ち着かせる効果はあったようだ。

そんな反応をされると私の方が恥ずかしくなってしまう。

「さっき私の婚約者って冗談を言ったのでお返しです」

これはあの時のお返しだ。

イケメンから不意に出る言葉って、ちょっと心臓に悪いからね。

「さぁ、クロも帰ろうか」

「うん……」

しゃがんで顔を覗き込む。

クロはずっと目をうるうるさせて私を見ていた。

泣かないように頑張って堪えているのだろう。

「クロは私の騎士だね。助けようとしてくれてありがとう」

「ううん。オレもっと強くなる……ママ先生を守りたい」

「そっかー。なら私はクロに守ってもらえるように、ちゃんとしたママ先生にならないとね」

そんなクロの頭を優しく撫でる。

今回、貴族と一般市民である平民との違いに改めて気づかされた。

この世界に来た時から、この気持ち悪さは感じていた。

同じ人間なのに全く別の生き物のように感じる違和感。

日本にいた時にも、多少国籍や学歴、能力による社会的階層の格差があったけれど、ここまであからさまなものは感じたことがない。

それがこの世界では当たり前なのだ。自分の無知を思い知らされる。

この子達はさらに格差を感じているのだろう。

「私も頑張らないとね」

「ママ先生も頑張るの？」

「うん」

「ハムも食べすぎないように頑張る」

「私も畑頑張る！」

子ども達も色々と頑張ることを見つけたようだ。

私は子ども達の手を取って孤児院に帰ることにした。

「あれは、聖女様というか女神様みたいな人だね」

「なんというか……兄ちゃん頑張れよ」

野菜屋の夫婦は何故かアルヴィンの肩を優しく叩いて応援していた。

第七章　ママ聖女、孤児院の環境の変化に気づく

あれからアルヴィンは外に魔物討伐に行くのを控《ひか》えるようになった。

今度行く時は、子ども達を連れてピクニックをしながら行くつもりらしい。

そして、あの事件があってから子ども達の環境はがらりと変わった。

「はあああ！」

「それだと握りが甘い！」

クロはアルヴィンに直接剣の指導をしてもらっていた。

他の剣を習いたい子達も一緒に木剣《ぼっけん》を振っているが、クロだけはアルヴィンの指導に熱が入っている。少し心配だが、クロが決めたことには口は出せない。

ご飯の準備をする私に、孤児院を訪れていた女性が声をかけてくれた。

「マミさんはこれだけ大変な仕事を一人でしていたのね」

「お手伝いありがとうございます」

野菜屋の夫婦の口から、貴族との一件が冒険者ギルドに伝わった。

その結果、様々な人達が孤児院に来てくれるようになった。

ついでに彼らは自分の子ども達も連れてきているため、小さな保育所のような雰囲気だ。

ちびっこ達も新しいお兄ちゃん達に遊んでもらっている。

「良いのよ！　今日はあの人が店番をしてくれているし、畑作業を手伝った方が良いでしょ？」

今日はこの間もらった種芋を植えるために土の準備をしている。

土が濡《ぬ》れていると、種芋が腐ってしまう。

そのため、日差しが強く土が乾いている日に植え付けをする予定だ。

「ハム、食べちゃダメだからね？」

「わかった！」

ハムは食に対する意識が高いのか、衛生管理の授業で聞いたことをわかる範囲で教えると、楽しそうに聞いて覚えていた。将来は孤児院のコックさんになってくれるかもしれない。

「そろそろ休憩《きゅうけい》でもしましょうか」

私は蒸し芋と経口補水液を手に取った。

実は、この経口補水液のおかげで、お金を手に入れる環境ができた。

冒険者が偶然、子ども達がジュースと呼んでいる経口補水液に気づいたのがきっかけだ。

街の外の依頼に行く時や、お酒を飲んだ後のお供として、経口補水液はじわじわ人気になっていった。その結果、冒険者達の間で話題になり、ギルドでも売られるようになったのだ。

「みんな、ご飯だよー！」

子ども達は昼食だと聞いて急いで集まってきた。

「はふはふ」

「あちゅあちゅだね」

美味じそうに蒸し芋を食べている姿を見ると、私も嬉しくなる。

今までは一日二食しか食べさせてあげられなかったからね。

「クロ達も早くおいで！」

私の声が聞こえていないのか、クロとアルヴィンはまだ木剣を振っていた。

クロは小柄な体と身体能力を活かして、アルヴィンの剣をかわしている。

走っている姿が可愛いが、遊びではない本気さが伝わってくるため、そっとしておくことにした。

「まだ来てない子を呼んできますね」

呼んでも来ないということは、クロみたいに集中して何かをしているのだろう。

「おーい、みんなどこにいるのー？」

私の声に気づいた子がどんどん集まってくる。

「しぇんしぇい、どうしたの？」

「お昼の準備が出来たから、手を洗って食べてね」

「はーい！」

ご飯の時間だとわかると、みんな次々に走っていった。

「ちぇんちぇーい！」

他に残っている子がいないか探していると、どこからか私を呼ぶ声が聞こえてきた。

同時に小さな悲鳴のような声も聞こえ、私は音のする方に走った。

「怪我でも――」

辿《たど》り着いた場所の光景に、私は言葉を失う。

「ははは、やっと来たか」

そこにはちびっこ獣人の髪を引っ張り、口を押さえている男がいた。

この間の馬車から出てきた男だ。

「……子ども達に何か用ですか？」

「いや、別に子どもには用はない」

そう言って男はちびっこを投げ捨てた。

私はなんとか抱きとめたが、衝撃で尻もちをつく。

「大丈夫？」

「うん」

どうやら大きな怪我はないらしい。けれど、膝と腕に擦《す》り傷《きず》ができて血が流れていた。

急いでハンカチで止血して回復属性魔法をかける。

「ははは、やっぱりお前みたいな女は最高だね」

少しずつ近寄ってくる男に警戒心を強める。

なぜ、私がこんな男に好かれないといけないのだ。

私の容姿はそれほど良くはないが、私にも選ぶ権利はある。

「すぐにアルヴィンさんを呼んできてもらっても良いかな？」

「うん！」

ちびっこに助けを呼ぶように伝え、私は男に向き直る。

「なぜそこまで、私に執着するんですか？」

「執着？　俺は強い女をこの手で屈服させたいだけだ」

うん、聞いた私がバカだった。

目の前にいる男は変態で頭がおかしいやつだ。

苦々しく思っていると、誰かが走り寄ってきた。

「ママ先生、大丈夫？」

私の前に出てきたのは、木剣を構えたクロだった。

「貴族の俺に剣を向けるとは、どういうことかわかるよな」

クロが持っているのは剣でも木剣だ。

普通、子どもの遊びに大人が本気になるはずはない。

だが、男の目はどこかおかしい気がした。子どもの相手をするような表情ではない。

男は腰につけていた剣を引き抜く。ギラリと刃が輝いた。

「クロ！　剣を下げなさい」

「いや、オレがママ先生を守るんだ」

「ありがとう。でも、ここは大人に任せた方が良いわ」

私は後ろからクロを抱きかかえると、木剣をクロの手から引き抜いて構えた。

「なおさら欲しくなるな」

男はニヤニヤしながら近づいてくる。あの顔を見ると、顔を舐められた時のことを思い出す。

私がぐっと木剣を握り締めた瞬間。

「貴族同士なら問題はないよな？」

アルヴィンが間に入ってきて男の剣を弾いた。

「また邪魔をするのか。もったいない予備のくせに――」

「この先話せなくなるように、舌を切ってやろうか？」

――〝もったいない予備〟

それにどういう意味があるのかはわからないが、アルヴィンにとって不愉快《ふゆかい》な言葉であることは間違いない。

「震えていないで来いよ。雑魚《ざこ》が」

アルヴィンの挑発に乗って男は剣を振りかざす。

アルヴィンはそれを余裕でいなした。クロと模擬戦《もぎせん》をしていた時の方が速かったくらいだ。

私の隣にいるクロは目を大きく見開いて、その姿を目に焼き付けている。

「お前みたいなやつがゴールドピンチ子爵家の次期当主とはな」

「うっせぇ！」

ゴールドピンチ子爵家と言えば、これまで孤児院の管理人を派遣していた貴族だったはず。

『孤児院のやつらは俺のもの』と言っていた理由がやっとわかった気がする。

私はアルヴィンを応援していたが、それすら必要ないほどアルヴィンは強かった。

一瞬にして剣を弾き飛ばし、アルヴィンは貴族の男の首元を掴んだ。

これ以上戦ったら男を殺しそうな雰囲気だ。

私は急いでアルヴィンを止めに入る。

「マミ先生、離してくれ」

私を見る彼の表情は、別人のように暗く冷たかった。

まるで何も思っていない人形のようだ。

「これ以上はあの人が死んじゃいます」

「ああ、俺はそのつもりでやっているからな」

この世界の人は、命を軽く見ている。

私がどれだけ命を繋げても、彼ら自身が命を大切にしなければ無駄になってしまう。

私のわがままだが、アルヴィンのそんな姿は見たくない。

「ダメ！　そんなことをしたら私と子ども達はアルヴィンさんのことを嫌いになりますよ。私の知っているアルヴィンさんは、優しくていつもニコニコしています」

私の言葉で、アルヴィンはピタリと止まったが、それでもまだ男の首元を掴んだままだ。

「いつもみんなを大事にしているアルヴィンさんだから私は好きなんです。だから――」

「マミ先生！」

「あっ、はい！」

「それ以上は恥ずかしいのでやめてくれ」

アルヴィンは男から手を離すと、そのまま口元を手で覆い隠した。

ただ、隙間から見える頬は赤く染まっている。

どうにか元のアルヴィンに戻ったようだ。

「それに、そんなに強く抱きしめなくても……」

私はアルヴィンを止めるために、彼に抱きついていた。

それに気づいた瞬間恥ずかしくなり、急いで離れる。

「あっ……あの、すみません」

「あっ、いや。俺の方こそすまない」

アルヴィンもこちらを見ずに、照れくさそうに頭を掻いていた。

気まずさを感じながら何か言わなくちゃと言葉を探すが、何も出てこない。

何とも言えない空気が漂っていた。

「ママ先生、アルヴィン兄ちゃん」

「どうしたの？」

「ん？　どうした？」

クロの声に私達は一緒に反応する。

うん、今は何をしても恥ずかしい。

「あの人逃げちゃったよ？」

「えっ……」

男がいた方を見ると、彼はすでに逃げていた。

緊張で強張っていた体から力が抜ける。

「はぁー、怖かった」

ボソッと呟いた声が聞こえていたのだろう。二人は私に近づいてきた。

クロは私の服の裾を引っ張っている。

「早く大きくなって、ママ先生を守るからね」

「俺もどうにかできないか動いてみる」

私のために行動しようとしてくれるなんて、感謝しかない。

「いつもありがとね」

「ママ先生の幸せはオレの幸せだからね」

クロの優しさについつい強く抱きしめる。

本当に良い子過ぎて、さっきまでの心のもやもやが晴れていく。

本当はクロみたいな子が聖女……いや、聖獣人なんだろう。

「クロばかり……」

アルヴィンはボソッと何かを呟いていたが、内容はわからなかった。

「マミさん、大丈夫だった？」

さっき怪我をした子どもを抱きかかえて、野菜屋の女性が様子を見にきた。

後ろにはトトとキキもいる。

「しぇんしぇい大丈夫？」

「キキもみんなを止めたよ」

私達が揉めている間、子ども達が近づかないように止めてくれたのだろう。

「二人もありがとう」

トトとキキを褒めると、二人とも嬉しそうにしていた。

「俺は……」

また何かアルヴィンが呟いている。

「おいもが冷たくなるよ？」

ハムはお盆に載っているじゃがいもを心配そうに持ってきた。

たしかに蒸し芋は熱々の時に食べた方が美味しい。食いしん坊なハムらしくてほっこりする。

「みんなで休憩しようか」

私は子ども達の手を握って戻ろうとするが、アルヴィンは立ち止まっていた。

「アルヴィンさん？」

眉間にシワが寄っている。何を悩んでいるのだろうか。

「どうしたら俺にも抱きついて……」

「アルヴィンさーん！」

顔を覗き込んで声をかけると、ビクッとしていた。

「考えごとですか？」

アルヴィンは首を横に振ったが、再び眉間にシワを寄せて考え始めた。

「ちょっと出かけてくる。しばらくあいつは来ないと思うが、出かける時は一人で移動しないようにしてくれ」

「わかりました」

私が返事をすると、アルヴィンは安心したように息を吐いて出かけていった。

◇

俺は王都にあるロジャーズ公爵家の屋敷に帰ってきた。

道中は先ほどの出来事について反省していたので、あまり記憶にない。

「俺も修行が必要だな」

聞きたくない言葉を聞いて、心の奥から冷たい何かが溢れそうになった。

きっと彼女が止めてくれなかったら、俺はここに戻って来れなかったかもしれない。

屋敷の中に入った後、目的の部屋の扉を軽くノックする。

「ああ、入れ」

「失礼します」

扉を開けると見知った人物が座っていた。見慣れた光景なのに、緊張感が漂う。

だが、俺はこの人の協力を得るために帰ってきたのだ。気圧《けお》されてなどいられない。

「アルヴィン、久しぶりだな」

「ただいま帰りました。父上……いや、宰相」

「家の中でまで宰相と呼ばれたくはないが……その顔は何かあったようだな」

俺は宰相である父に会いに来た。

この国で一番冷徹で頭がキレる男。それが俺の父親だ。

優秀な兄二人も父親に似て、頭の回転が速い。

その人達と比べたら、俺は惨《みじ》めな存在だった。

「それで、どうしたんだ？」

「ゴールドピンチ子爵家について教えていただけませんか？」

まずは情報を集めるのが先だろう。

「随分唐突だな。ひょっとして、聖女と一緒に来たあの女性と関係があるのか？」

「ええ」

「ふーん、そうか」

なぜか父は俺の顔を見てにやりと笑った。

「アルヴィンにもそういう日が来たのか」

「そういう日とは？」

あの顔は確実に何か企んでいる。

父に関わったら碌《ろく》なことがない。大体何かに巻き込まれる。

嫌な予感に身を震わせると、父は質問には答えずにっこり笑ってこう言った。

「子爵家について私が知っていることを教えてやろう」

「本当ですか？」

「代わりに、アルヴィンにはしばらく私の仕事を手伝ってもらおうか」

「えぇ⁉」

俺の動揺をよそに、父はつらつらと説明を始めた。

しばらくは孤児院と屋敷を行き来する日が増えそうだ。

……やっぱり、もう一度マミ先生に頼み込んでハグをしてもらえばよかった。

◇

「アルヴィン兄ちゃん帰ってこなかったね」

「忙しいのかな？」

アルヴィンは出かけたきり帰ってこなかった。

電話がないこの世界では連絡を取る手段がない。

アルヴィンが何をしているのかはわからないが、あの年齢ならまだ遊びたい年頃だろう。

日頃の鬱憤《うっぷん》を晴らしているのかも、と思うと少し息が苦しくなった。

「先生お腹減ったの？」

「ハムじゃないからそれは違うでしょ」

「むー」

突っ込まれたハムはなぜか台所に向かった。

私も朝ごはんの準備をするため台所に行こうとすると、他の子達が走ってきた。

「しぇんしぇい、王子様がいる」

「キキはあの人と結婚する」

「ええ……？」

どうやら来客らしい。だが、本当に王子様が来たのなら、私は出来れば会いたくない。

私がこの世界に来た時に、いないものとして扱ってきた男。

いつも私の手助けをしてくれて、守ってくれるアルヴィンとは大違いだ。

「しぇんしぇいお熱があるの？」

「えっ？」

「だって顔が赤いよ？」

「ちょっと暑かっただけよ」

私は子ども達を誤魔化し、急いで王子様らしき人のところへ向かった。

「すみません。お待たせ――」

顔を上げて、私は言葉を失った。

「はじめまして。今日からアルヴィンに頼まれて孤児院をお守りする、レナードと申します」

そこには、銀色の髪を一つ結びにした騎士が立っていた。

アルヴィンがイケメンなら、この騎士は薔薇《ばら》のような美男子だ。

「アルヴィンに頼まれて……？」

「はい。私は学園時代アルヴィンと同学年でして。彼の頼みで今回こちらに来ました」

どうやら同じ時期に騎士学園に通い、ライバルとして過ごしていたらしい。

騎士学園にはこんなキラキラしたイケメンばかりいるのだろうか。

「先生、王子様はなんて言ってるの？」

「アルヴィン兄ちゃんに頼まれて来た騎士の人らしいよ」

「そうなの？　キキの王子様じゃないのか」

キキは私の後ろに隠れてレナードをチラチラと見ていた。

そう言えば、騎士は貴族出身の人が多いと聞いていたが、レナードは獣人についてどう思っているのだろう。

「レナードさんは、獣人の子のことをどう思っていますか？」

「ああ、私は特に人種なんて気にしませんよ。騎士は守ることだけを考えればいいですからね」

どうやら心配はいらないようだ。

「そういえば、これから朝ごはんを食べるんですが、レナードさんはどうなさいますか？」

「私のことは気にしなくて大丈夫です。ただ、少し孤児院を見て回ってもいいですか？」

「ええ」

私がレナードを案内すると、子ども達は興味津々でついてきた。

どんぐりのネックレスを渡されたレナードは困った顔をしていたが、それでも子ども達を悲しませないようにと首にかけていた。

彼に途中から子ども達の相手を任せて、私は台所で朝食の準備を始める。

朝食はサラダとスープ、それと蒸し芋だ。

パンではなく蒸し芋なのは、パン一つを買うのと同じ値段でじゃがいもがいくつも買えるからだ。

いくら経口補水液でお金を稼げたとしても限度はある。買い手は冒険者ギルドに来る冒険者達だけだ。だから贅沢《ぜいたく》ができないのは変わらない。

「手を合わせて」

「あわしぇました」

「いただきます」

子ども達は美味しそうに朝食を食べている。

「アルヴィンもいつも一緒に食べているんですか？」

「ええ、アルヴィンさんも子ども達と一緒に食べてますよ」

何か話すたびにアルヴィンもやっているのか、大丈夫なのかとレナードは聞いてくる。

「アルヴィンさんが学生の時はどんな感じだったんですか？」

「一匹狼みたいな感じでしたね。騎士学園でもあの通り無表情で、首席だったので周りから妬《ねた》まれてました」

「アルヴィン兄ちゃん、ここではニコニコしているよ？」

「えっ……あのアルヴィンがですか？」

レナードさん、実際にここでのアルヴィンの姿を見たらびっくりするだろうな。

早く帰って来ないかと、彼が帰ってくるのを待ち遠しく感じた。


「私は一旦寮に帰って、また明日の朝に来ます」

夕方、彼はお辞儀をすると、騎士団の寮に帰っていった。

アルヴィンに頼まれていたとしても、彼の本職は私達の護衛ではなく騎士だ。

孤児院より優先するものがあるのは仕方ない。

今日も休みの日だから引き受けたと聞いている。

大事な休みを私達のために使わせて申し訳ないと思った。

「クロはアルヴィンさんがいなくて寂しくない？」

「んー、オレにはママ先生がいるから寂しくないよ」

アルヴィンがいない日は今までなかった。

臨時の護衛を終えた時も夕方には帰ってきた。

「ママ先生は寂しい？」

「クロ達がいるから大丈夫だよ」

寂しいかと言われたら寂しい。

異世界での生活には慣れたが、いつも私を助けてくれていた彼がいないのは心細い気がする。

「明日もやることがたくさんあるから寝ようか」

「うん」

今日はちびっこ達と一緒に寝ることにした。

私は近くにいたクロを抱きしめて、眠りに落ちた。


「マミ先生、おはようございます」

「レナードさんおはようございます」

あれからレナードが孤児院に来る日が増えた。

「今日は来なくても良い日だぞ？」

アルヴィンがさっそくレナードに突っかかっていく。

あの後無事に戻ってきたアルヴィンだが、最近孤児院を抜け出して、どこかに行くことが多い。

そんな時にはレナードが孤児院を手伝いに来てくれる。

「あなたは相変わらずですね」

アルヴィンの腕と脚には子どもがくっついていた。

身長が高いため、子ども達からは遊具のような扱いをされている。

毎日朝から長蛇の列ができて、アトラクションのようだ。

もう彼も立派な孤児院のお兄ちゃんだ。

その姿にレナードは笑っていた。

うん、イケメン同士の絡みっていつまでも見ていられる。

「レナードさん、今日も剣の稽古《けいこ》をお願いしてもいいですか?」

「ええ、クロ」

クロはあの日から毎日剣を振っている。そして、毎朝私のところへ〝マミ先生はオレが守る〟や〝たくさん食べて大きくなる〟と言いに来るようになった。

私が連れ去られそうになったのが衝撃だったのだろう。

起きた時に私が近くにいないと、うるうるした目で私を捜《さが》している。

「俺とは稽古しなくてもいいのか?」

「アルヴィン兄ちゃんとはいつでもできるもん」

「そうか……」

アルヴィンは孤児院で寝泊まりしているため、いつでも手合わせはできる。

とはいえ、クロに頼られないのが少し寂しいのだろう。アルヴィンは少し肩を落とした。

「それなら俺は魔物の討伐に行ってくる」

「わかりました。お気をつけて」

私もお金を稼ぐために働きに行きたいが、子どもの面倒を見ないといけないし、冒険者からの緊急依頼もない。まあ、緊急依頼はない方が良いのだが。

「ママ先生、準備できたよ？」

「ありがとう」

家事をする時間以外に、私もあることを始めた。

「またトトが勉強したくないって言って逃げ出したよ」

「トトはやんちゃだもんね。キキはえらいわ」

私は子ども達に勉強を教えている。

成長が速い獣人に勉強をさせると、人間の同年代の子どもより頭が良いことがわかった。

ハムとキキがその代表例だ。ハムは食品関係ならすぐに覚えられるし、キキは算数が得意。

ただ、トトのようにずっと座っていることが苦手な子もいる。

「今日は何の勉強をしようか？」

「んー、今日は病気の勉強をする！」

「じゃあ、手洗いについて勉強しようか」

「うん！」

部屋に入ると子ども達は床に座り、一ケ所に集まっている。

その隣には孤児院の手伝いに来た女性達もいた。

「マミさん、私も受けてもいいかな？　前から勉強したいと思ってたんです」

「お子さん達は……？」

「トトくんがその間見てくれるって言ってました」

やんちゃな子ばかりまとめているトトは、子ども達ともすぐに仲良くなった。

授業を受けたくないからかもしれないが、そのおかげで今は助かっている。

「じゃあ、今日は公衆衛生学について勉強します」

「こうちゅーえい……長いよ……」

「こうちゅー」

「ちゅーちゅー」

言われてみたら、たしかに長い気はする。

子ども達はネズミのように〝ちゅーちゅー〟と言っていて可愛かった。

「今日は手洗いについてお話しします」

孤児院にいる子達には、ご飯を食べる時、外から帰って来た時、トイレに行った時など、日頃から手洗いをするように言っている。

「私もみんなが手をよく洗っているのが気になっていました」

手伝いに来ている女性達はそんな子ども達を不思議な目で見ていた。

「私たちの手にはちっちゃな見えない邪魔者がいます」

子ども達は私の言ったことを信じて手を見ている。

「ちぇんちぇい見えなーい！」

見えないと言ったのに、それでも目を凝《こ》らしている。

「見えないのが普通だから気にしなくて良いのよ。もちろん私にも見えないからね」

私にも見えないことを伝えると、視線が私の方に戻ってきた。

「その邪魔者が体の中に入ると病気になっちゃうんだ。お熱が出たり気持ち悪くなったり、お腹が痛くなるんだよ」

子ども達は色々考えているのだろう。

それでもどういうものが熱なのかもわかっていない気がした。

この世界には体温計すら存在しない。熱と言われてもその概念がないため理解できないのだ。

「私と会う前にみんなが苦しんでいたのは覚えている？」

「あれ、いや」

「こわい」

子ども達は出会った当初のことを思い出して怖くなったのか、私の周りに集まってきた。

「あの時みたいにならないように手を洗うんだよ。それに汚いまま他の子に触ると、他の子が病気になっちゃうんだ」

「ええ!?」

数人は急いで手を洗いに水場に走っていった。

きっと手を洗っていなかったのだろう。

これで友達を病気にさせないためにも、手を洗わないといけないって理解した気がする。

「もしかして、それって子ども達が早く亡《な》くなることと関係していますか？」

この世界の子どもは死亡率が高いらしい。

様々な理由が考えられるが、感染症による病気もその一つに当てはまるだろう。

私が頷くと女性達は驚いた顔をしていた。

「私が元いたところでは、五歳になるまでに亡くなるのは、千人の中で二人か三人程度です」

「そんなに少ないんですか⁉」

乳幼児の死亡率は医療技術や衛生状況の未発達だった時代と比べてだいぶ低下した。

「だからこそ公衆衛生は大事ですし、子ども達と接する機会が多いお母さんにも知ってもらう必要がありますね」

「親もできることをしないといけないってことね！」

この世界の子どもは、昔の日本の農村地域に住む子どもと似ている。

たくさん産んで、病気に勝てた子だけが大きく育つ。

そのお祝いが五歳で教会に行って、魔法の適性属性の有無を知ることなんだろう。

その後は子どもも労働力になるため、学力は低い。

ここに連れてこられる子ども達が、獣人より学力が低いと感じるのは、単に成長速度の違いだけではない気がした。

「よかったら周りにいるお母さんにも伝えてもらえると嬉しいです」

「はい！」

なぜか女性達の目はキラキラと輝いていた。

「じゃあ、これで勉強は終わりです！　ご飯を食べましょうか」

今日のご飯は暑い時期にぴったりなそうめんを用意している。

私がそうめんを湯がくと、次々と子ども達がテーブルに運んでいく。

「これはなに？」

「そうめんっていう美味しいご飯だよ！」

獣人ではない子ども達も、一緒に楽しそうにお手伝いしてくれる。

やがては獣人と人間が仲良くする時代が来るのだろうと思える光景だ。

「水はアルヴィン兄ちゃんに頼めばいい？」

「なるべく冷たいやつを出してもらってね」

台所で作業する時にはハムがいつも隣にいる。

食べることが好きなハムは料理に興味があるようで、作り方を少しずつ覚えている。

「たくさんいるからそうめんの量も多いわね」

茹でたそうめんを運んでいると、急に軽くなった。

「私もお手伝いします」

「オレも手伝うよ」

稽古を終えたレナードとクロだ。二人にお礼を言って、ふと気が付いたことを口にする。

「あ、そういえばアルヴィンさんってもう帰ってきました？」

水を出してもらうように頼んだが、アルヴィンは魔物の討伐に行っているはず。

「俺はここにいる」

アルヴィンは早めに魔物討伐を終えて帰ってきていたようだ。

彼も手伝いをしようと思い、すぐに台所に来たらしい。

「俺はマミ先生を運べばいいのか」

「えっ？」

どうしてそうなったのかわからないが、アルヴィンは私をお姫様抱っこして運び出した。

いつも突然予期せぬことをするので、戸惑ってしまう。

「騎士が姫を抱えて移動するのは当たり前だ」

キリッとした顔で言われても、私は姫ではない。

それに今顔を見られるのは少し恥ずかしい。

少し顎《あご》を引いているので、二重顎になっている気がする。

「早くオレも大きくなりたいな……」

クロも私を運びたいのだろうか。

私はできることなら自分で歩きたい。

アルヴィンに抱えられたまま運ばれていると、子ども達が寄ってきてさらに恥ずかしくなる。

ちょっとしたお祭りの神輿《みこし》になった気分だ。

「マミ先生、どうぞ」

椅子に腰掛けると、アルヴィンは笑顔でこちらを見ている。

これはお礼が欲しいのだろう。

「ありがとうございます……」

小声だったが聞こえたらしい。嬉しそうな顔をしたアルヴィンは、離れた席に座った。

すでに私の隣にはキキとトトが座っていたからだ。

「あっ、そういえばトトは勉強してな――」

「別にオイラは悪いことしてないぞ！　あの時はオイラが面倒見た方が良いと思ったもん！」

きっと、トトが授業を受けなかったことについて話しているのだろう。

勉強から逃げ出したわけではないなら、怒ることではない。むしろ褒めるべきだろう。

「そう！　子ども達の面倒を見てくれてありがとう」

トトの頭を撫でると、照れくさそうに笑っていた。

できれば子ども達には自分で判断して、進む道を決めてもらいたい。

それは私がこの間、貴族の男に襲われそうになった時に思ったことだった。

もし、私がママ先生でいられなくなった時、この子達はどうなるのだろうか。ふとそんな考えがよぎった時、早く自分の得意分野を知って生きる方法を見つけてほしいと思ったのだ。

「本当にマミさんって聖女ですよね」

「えっ？」

突然、手伝いに来てくれた女性がそんなことを言い出した。

女性の夫は冒険者として働いている。彼から余計な話を聞いたのだろうか。

「そんなことないですよ。早くそうめんを食べましょうか」

我慢できないのか、子ども達がよだれを垂らしていた。

中でも食いしん坊のハムはよだれを必死に拭いている。

「それでは手を合わせて」

「あわしぇました」

「いただきます！」

いつものように手を合わせ食前の祈りを捧《ささ》げた後、そうめんを食べ始める。

「しぇんしぇい、ちゅめたいね」

「ね！　ツルツルして食べやすぃね」

久しぶりに食べる冷たいそうめんはどこか懐かしかった。

一人暮らしをしていると、簡単に出来てさっと食べられる料理を選ぶことが多い。

そんな時はそうめんを食べていた。

「アルヴィンさん、ありがとうございます」

「得意分野なので」

アルヴィンは嬉しそうにそうめんを食べていた。

「でも、もう少し冷たくできるといいな」

アルヴィンに冷たい水を出してもらったが、限度はある。家庭によって食べ方は違うが、私は氷が入った器で食べるのが好みだった。

私の独り言に、さっきまで喜んでいたアルヴィンは顔を曇らせ、露骨に落ち込み出した。

「いや、アルヴィンさんそんなつもりは――」

「それなら私が冷やしましょうか？」

レナードが呪文を唱《とな》えると、器に入っていた水が凍った。

「氷を出せるんですか⁉」

「まあ……はい」

レナードがどこか気まずそうな顔をする中、私は思考を巡らせた。

冷蔵庫がないこの世界では、食材はその日に買って、その日のうちに消費するのが一般的だ。

だが、氷を使うことができたら料理の幅が広がるだろう。

特に暑い時期にはアイスを食べたくなる。

「氷はそんなにすごいの？」

「そうよ！　アルヴィンさんが洗濯機と掃除機だとしたら、レナードさんは冷凍庫だね」

子ども達に聞かれてついそう答えてしまった。

「流石レナードさんですね」

「いえ、私の魔法は――」

「これからもぜひ遊びに来てくださいね。冷たい料理を作れるのは助かります」

氷属性は便利な魔法のような気がしたが、レナードさんの様子を見るとそうでもないのだろうか。

「それよりも、氷がなくなる前に食べちゃいましょう」

氷を取り出して砕き、深皿に水と一緒に入れた後、そこにそうめんを入れて冷やす。

「んー、そうめんって言ったらこれだね」

私の求めていたそうめんを異世界でも食べられたことに感動する。

日本に帰りたいかと言われたら、今はそうは思わない。

ただ、前世の生活環境が良かったことに、こっちの世界に来て気づくことができた。

普通だと思っていた日常は全て恵まれていた。

特に食事については恋しいと感じる。

だから、こうやって少しでも作って食べられるだけで幸せだ。

「レナード、俺は認めないからな！」

そう言いながらも、アルヴィンは麺をすすっていた。

「認めないと言っても、私の魔法はダメな――」

「素敵な魔法ですよね。アルヴィンさんの水と風属性魔法、レナードさんの氷属性魔法、私の回復属性魔法。みんな個性ですね」

そう言うと、レナードさんは呆気に取られたような顔をした。

魔法についてはあまり知らないが、私にしてみればみんな個性的で良いと思う。

子ども達が大きくなっても、魔法を使えるようになるかはわからない。

そもそも素質の部分が大きいし、貴族と違って平民は魔法を使えない子が多いと聞いている。

それでも、幸せな日々が送れるなら私はそれでいいと思う。

みんなでそうめんを食べるだけでも、私にとっては楽しい日常だ。

第八章　ママ聖女、魔法の勉強をする

「今日の授業は俺が教えるからな」

「はーい！」

今日はアルヴィンに〝魔法について〟教えてほしいと頼んだ。

二つ返事で引き受けてくれたため、私も子ども達と一緒にアルヴィンの授業に参加している。

ちなみに今日はこれまで授業を受けなかった子ども達も集まっている。

魔法に関しては遊ぶことよりも興味があるようだ。

「じゃあ、基本からだ。魔法の属性には何がある？」

「はい！　魔法は基本の火・水・風・土の四属性とその他多くの属性魔法があります」

一番初めに手を上げたクロが答えた。

まさか私よりも物知りだとは思いもしなかった。

子どもの成長って速いな。

「ああ、合ってるぞ。よく知っていたな」

アルヴィンに褒められたクロは、私の方をチラチラと見ている。

気づいて手を振ると、鼻の下を手で擦っていた。きっと照れているのだろう。

その光景を見ていたアルヴィンが、ふんっと鼻をならす。

「だが、まだまだ勉強不足だ」

うん。

アルヴィンは大人気《おとなげ》ない。

「アルヴィンしぇんしぇい！」

「ん？　どうした？」

「レナードしゃんの氷は？」

ちびっこの言葉でレナードに視線が集まる。

しかし、レナードは申し訳なさそうな顔をしていた。

「私の氷属性は一般的に、はずれ属性と言われています」

この間そうめんを食べた時に、レナードがあまり良い反応をしなかったのはそういうことか。

「それなら私もはずれ属性ですよ」

私が手を上げると、みんなは首を傾げていた。

「マミ先生は、はずれじゃないぞ！」

「うん！　オイラも転んだ時に治してもらうもん！」

「キキも魔法が使えるなら、回復属性魔法か氷属性魔法が良い！」

キキはレナードのことをずっと王子様と言っているから、憧れがあるのだろう。

「一般的に、基本の四属性魔法は他と比べ優れていると言われている。例外なのは聖女様が使う聖属性魔法だけだ」

聖属性魔法を見たことはないが、私の魔法とどれぐらい違うのだろうか。

ひょっとしたら、一瞬にして体が再生するぐらい強力なのかもしれない。

もしそれぐらい強力な魔法なら、どんどん人々のために使ってほしい。

病気で苦しむ子どもの姿を見たくないからね。

「他にはどういうはずれ魔法があるんですか？」

「ごほん！　マミ先生、質問ありがとう」

「なんかオレ達の時と態度が……」

クロはボソボソと文句を言っていたが、アルヴィンにギロリと睨まれて口を閉じた。

本当にアルヴィンは大人気《おとなげ》ない。

「はずれ魔法と呼ばれるのは、氷・雷・回復・無属性だ。エルフが使う木属性魔法、魔族が使う闇属性魔法もまた特殊な魔法だ」

思ったよりも魔法の種類が多い。

私には、その魔法の何が有利で何が不利なのかもわからない。

それより、獣人族以外にも、人族と違う種族がいることに驚いた。

本当に私がいた世界とは全く違うんだろう。

「まあ、私の回復属性魔法が工夫次第で使えるなら、レナードさんの氷属性魔法も案外使い勝手が良いのかもしれないですね」

私の言葉にアルヴィンは黙った。

しばらく沈黙が続いた後、レナードが話を切り出した。

「氷属性魔法は、使い道がほとんどないんです」

「と言うと？」

「ちょっと外に出ても良いですか」

私達はレナードの後ろについていく。

着いた場所は、いつもクロや他の子達が木剣を素振りしている場所だった。

「アルヴィン、構えてもらってもいいか？」

「ああ。実際に見た方がわかりやすいだろう」

二人が剣を構えた瞬間、周囲は静かな空気に包まれた。

「はあああああ！」

レナードは細剣《レイピア》でアルヴィンの胸を狙《ねら》って突く。

それをアルヴィンは何ごともなく剣でいなしている。

木剣ではなく、本物の剣を使った模擬戦に、子ども達の目は釘付けだ。

一方、私は二人が怪我をしないかハラハラしていた。

私の回復属性魔法なら傷を塞げるけれど、命にかかわる大怪我には対応できない。

すると、アルヴィンが水の槍を作り出して、レナードに向かって飛ばす。

レナードはそれを凍らせ、氷の塊にして弾き返した。

「属性付与《エンチャント》」

アルヴィンが呪文を唱えながら、剣の刃先に触れる。すると、刃が荒々しい風を纏った。

アルヴィンは氷の塊を軽々と剣で切っていく。

最後の塊が真っ二つになり地面に落ちると、二人は剣を鞘《さや》に戻してお互いに礼をした。

これで模擬戦は終わりってことだろうか。

それと同時に私も大きくため息を吐く。

「普通の剣技であれば、アルヴィンとは良い勝負ができると思います。ただ、魔法を併用《へいよう》するとそうはいかなくなるんです。氷属性魔法はただ水を凍らせるだけで、応用が利《き》きません」

「レナードさんは、つまりその、アルヴィンさんみたいに魔法が使えないんですか？」

「属性付与も一応使えます」

再びレナードは剣を構えて呪文を唱え、私の前に剣を差し出した。

「触ってみてください」

私はゆっくりと細剣に触れる。

「冷たいですね」

「はい。私の属性付与は剣を冷たくするだけなんです」

ひんやりとした細剣は、冷やした飲み物を入れたタンブラーのような触り心地だった。

たしかに冷たいだけで、戦闘の助けにはならないのかもしれない。

だけど、一つ疑問に思ったことがある。

「アルヴィンさんの水属性魔法は、空気中の水分を凝縮して水を出しているんですよね。レナードさんの氷属性魔法も温度を意識したら――」

「それはどういうことですか⁉」

レナードの顔が、子どものようにキラキラしていた。

本当に王子様のようで、少しドキッとしてしまう。

「おい、レナード」

「マミ先生、その温度というものについて教えて――」

「お前はそろそろ離れろ！」

アルヴィンが首元を掴むと、レナードはバランスを崩した。

気づいた時には、レナードがアルヴィンの上に倒れ込んでいた。

うん、私と絡むより、そっちの方が絵になる。イケメンとイケメンの床ドン。

「すまない」

「ああ」

レナードが申し訳なさそうに体を起こした。

体の起こし方も綺麗で、背後に薔薇の花びらが舞っていそうだ。

「二人ってお似合いですね。お互い美形で――」

「それはない！」

「絶対いやです！」

すぐに否定されてしまったが、別にどういう形の恋愛があっても良いと思う。

ただ、その時私の胸はチクリとした。

あれ？　私もあの中に混ざりたかったのかな？


その後、外は日差しが強いからと私達は部屋に戻った。

部屋に入ってすぐ、私はみんなに温度についての説明をすることにした。

「えーっと、アルヴィンさんには一度説明していますが、水には温度があります」

以前に冷水とお湯を出してほしいと頼んだ時に、アルヴィンは不思議そうな顔をしていた。

水属性魔法では基本的に少しぬるいぐらいの水しか出せないらしい。

「まずは温度についてですが、冷たいものを触ると冷たい、熱いものを触ると熱いと感じますよね？」

私の言葉にレナードは頷いている。近くにいる子ども達も一緒に頷いていた。

まるで本当の兄弟みたいで可愛らしい。

「細かい説明は省きますが、それが温度という概念です」

「ちゅるちゅるがあちゅい、しょうめんはちゅめたい？」

ちびっこ達も自分なりに理解しようとしていた。

「俺もお湯と冷水を出せるようになった」

アルヴィンがお湯と冷水をボール状にして出現させた。

片方はただの水だが、もう片方は沸騰している。

「お湯の方は水が百度になるとぐつぐつして自然と消えていきますが、水は零度になると氷になっていきます」

「この零度以下ってのは、俺の魔法じゃ無理なんだ」

アルヴィンが水の塊をさっと消した。

「でも、さっきはレナードさんの魔法で水を氷にしていました。つまり氷属性魔法は、零度以下まで温度を下げられるんじゃないかと思います。あくまで想像ですが、空気中の水分を一気に凍らせることができたら……はずれ魔法なんかじゃないですよ」

「んー、わかんにゃい」

「マミさんどういうことですか？」

ここまで来ると子ども達にはわからないようだ。

手伝いに来た女性達も、頭を抱えていた。

「お湯が消えてしまう仕組みから説明しましょう。アルヴィンさん、もう一度お湯を出してください」

アルヴィンにはしばらく手の上で沸騰したお湯を出してもらう。

「少しずつお湯が減っているのは、空気中に見えない水が溶け込んでいるからです。この空気の中にいる水は――」

「あっ、零度になると、その水が集まって氷になるんだね」

話している最中にそこに行き着いたキキに、私は驚いた。

ひょっとしたらキキは本当に天才かもしれない。

レナードはキキに近づき、膝立ちになって言った。

「キキさん、私にも詳しく教えてもらえないでしょうか？」

「もう、しょうがないからキキが教えてあげる」

少し恥ずかしそうにしていたが、憧れの王子様に近づけてキキは嬉しそうだ。

アルヴィン、このままだとレナードが取られちゃうぞ。

そう思いアルヴィンを見ると、なぜかキラキラした目で私を見ていた。

「俺も手伝ったぞ」

さっき魔法を見せたから褒めてほしいのだろうか。

「本当にアルヴィンは変わったな」

「ふん。レナードもそのうちこうなる」

そこは威張《いば》るところではない。

「さぁ、私はご飯を作りに行ってきますね」

二人が話している間に、私はご飯の準備に逃げることにした。

第九章　ママ聖女、ピクニックに行く

「今日はピクニック！」

「楽しみだ」

「たのちみだ！」

今日は朝から子ども達を連れて、街の外へピクニックに行くことになっている。

先日、アルヴィンが突然ピクニックに行こうと言い出したのだ。

あまりにも唐突だと思ったが、よく考えると以前そんな話をした気がする。

準備は入念に整えたが、今までこんな大勢で外に出たことはない。そのため、みんな恐る恐るアルヴィンとレナードに守られながらついていく。

「聖女様は俺が守るから安心してな」

「おい、抜け駆けするなよ」

「お前こそ近いんだよ！」

普段孤児院に来てくれる冒険者達も、有志で護衛を手伝ってくれた。

そんな彼らを、アルヴィンは後ろから睨みつけている。

私が冒険者達にピクニックの話をして以降、ずっと機嫌が悪い。

アルヴィンとレナードの二人だけより、たくさんの人が守ってくれる方が楽なはずなのに……？

まあ、気にしてもしょうがない。私は首を横に振って、レナードに話しかけた。

「街の外は草原なんですね。思っていたよりずっと広いです」

奥に見える森を除いて、周りは広大な草原だ。

「この先をずっと行くと、他の貴族が管理している領地です。いつかはそこに行くのも、面白いかもしれませんよ」

孤児院があるところは王都で、この国の中で一番発展している都市だ。

平民の暮らす区域と貴族の住む区域はわかれていて、商店街の奥にはそれを区分する大きな扉がある。そして、貴族街の中心には、私が巻き込まれて召喚された城があった。

ちなみにアルヴィンの兄弟やレナードの両親は、領主として別の街にいる。

「おい、ゴブリンが出てきたぞ」

先を行く冒険者の声に反応して、護衛が一斉に剣を構える。

「ママ先生はオレの後ろにいて」

クロも木剣を構えて前に出てきた。キキとトトは子ども達を一ヶ所に集める。

もっとびっくりするかと思ったが、意外に統率が取れた行動だ。

むしろ私の方が、突然現れた魔物の存在に戸惑ってしまった。

「倒したぞー！」

遠くで戦っていたのでよく見えなかったけれど、どうやらゴブリンとやらを倒したらしい。

結局ゴブリンがどういう生き物かはわからなかったが、レナードは人型でどことなく人間に似ているる気持ち悪いやつと説明してくれた。

冒険者はその場で倒したゴブリンを解体し、火をつけた。

死体に他の魔物が寄ってくることがあるため、体にある魔石という石を取り出して燃やすのが一般的らしい。

嫌な焦げ臭さを感じながら、私達はピクニックを再開した。


「この辺で休憩するのが良さそうだな」

冒険者達が森の少し手前で立ち止まったので、私はカゴからお弁当箱を取り出す。

「ピクニックって言ったらサンドイッチだよね」

今日はサンドイッチを用意した。

マヨネーズがないのが残念だが、ケチャップは自分で作ることができた。

トマトに調味料を入れて煮込めば、ケチャップもどきの完成だ。

今日は焼いた鶏肉にケチャップと醤油で味付けしたケチャップチキンをパンに挟んでいる。

名付けて〝ケチャキンサンド〟だ。

うん、名前を付ける才能がないのは気づいている。

「みなさんも良かったら食べてください」

「俺らも食べて良いんですか？」

「もちろんです。ちゃんとみなさんの分も用意してますよ」

片手で食べられるため、周囲を警戒しながらでも食べやすいと思ってこの料理にしている。

冒険者達は、塩漬けした硬い干し肉を食べるつもりだったと言っていた。

「あいつらには干し肉を食わせておけばいいんだ」

「そんなことを言うアルヴィンさんにはあげませ――」

「すみませんでした」

よほどケチャキンサンドを食べたかったのだろう。ハムに負けない食欲に笑ってしまう。

「では、手を合わせて」

「いただきましゅ」

みんなでお祈りをして昼食を食べることにした。

「何これ……うまっ⁉」

「こんな美味《うま》いものを食べられるなんて」

冒険者達はケチャキンサンドの美味しさに驚いていた。

「マミ先生は料理人ですか？」

「公爵家の料理より美味しい」

レナードやアルヴィンも、夢中になって食べている。きっと貴族の家では豪華な料理ばかり出てくるから、庶民《しょみん》の味が珍しいいんだろう。

「ハム美味しい？」

「むん」

ハムは大きく頷いている。

必死に頬にサンドを詰めているため、返事ができないのだろう。

頬が上下に動いているのを見ると、笑みが溢れる。

一口食べると、思ったよりも手作りトマトケチャップの酸味がチキンと調和してちょうど良い感じだ。

「持ち運びもしやすいから、販売すれば稼げそうですね」

レナードの言葉に、私は目を見開く。

この世界には昼食を食べる習慣はあるものの、働いている人が多いため、しっかり食べることは少ない。パンや干し肉を食べるぐらいだ。

レナードはそんな大人達に、仕事の合間に食べられる昼食として売ってみてはどうかと提案してくれた。自分の料理が商売になるとは思いもしなかった。

もし、これがきっかけで子ども達だけでお金を稼ぐことができたら、料理が好きな子の生きる道ができるかもしれない。

「一度考えてみますね」

今後の金策の一つとして、簡単な昼食販売を検討することにした。

食べ終わった子ども達はウズウズしている。きっと広大な草原で遊びたいのだろう。

「みんな食べ終わったかな？」

「おいちかった！」

リスの獣人のリリは、頬を両手でプルプルと震わせるように触っていた。

「また食べたい！」

「しぇんしぇいちゅくって」

よほど美味しかったのか、子ども達のおねだり大会が始まった。

しばらくはケチャキンサンドを作る日々が続きそうだ。

「じゃあ、また作ってあげるから遊びに行っておいで」

「わぁーい！」

ちびっこ達は一斉に走っていく。本物の動物顔負けの速さだ。

「しぇんしぇい！」

「リリ、どうしたの？」

なぜか私にべったりのリリ。

「リリあそこに行きたい」

リリは森の中を指さしていた。

「あそこは危ないからダメだよ」

森は魔物の数が多いため、冒険者やアルヴィンから近づかないようにと言われている。

「やーやー、あそこにおいちいのがありゅの」

「美味しいの？」

「うん！」

リスは嗅覚、聴覚、視覚が優れているという。

秋になると冬の食糧不足のためにナッツを埋めるが、多くのリスはナッツの隠し場所を覚えており、嗅覚で探り当てるそうだ。同じように、五感が優れているリリは何かを感じているのだろう。

「私がついていきますよ」

何度言っても駄々をこねるため、レナードが森についていくことになった。

「子ども達がわがままを言うのは珍しいな」

「それだけ楽しみにしていたんでしょうね。昨日も寝るのが遅かったですし」

彼らを見送り、私はアルヴィンと共に子ども達を遠くで見守ることにした。

「はぁー、これだけポカポカすると眠たいですね」

まだ気温は高いが湿度は低く、お腹いっぱいになると眠気が襲ってくる。

昨夜の子ども達は遠足前の子どもさながらで、中々寝付かなかった。

私もみんなが寝るまで起きていたら、眠るのが遅くなってしまったのだ。

「少し休むといい。俺がママ先生を守っている」

「ありがとうございます」

温かい外での昼寝は最高だ。私はゆっくりと瞼《まぶた》を閉じると、すぐに寝てしまった。


『真実は将来何になりたいの？』

『んー、私は看護師になりたいかな。お母さんとずっと一緒にいられるし』

『ふふふ、そんな理由で決めちゃダメよ』

懐かしい記憶が蘇《よみがえ》ってくる。

母は私が幼い時に難病になった。

徐々に身体に力が入らなくなり、動けなくなる母を毎日励ますのが日課だった。

たくさんの介護士や看護師が母のために自宅へ来てくれたが、私は母に対して何もしてあげられなかった。

子どもだから仕方ないと言われても、悔しかったのを今でも覚えている。

その思いは、母が亡くなった今も変わらない。

私は二度と後悔しないように、自分の全力を尽くして今まで生きてきた。

自分に出来ることをする。

それが私の生き方だ。


優しい風が私の髪をなびかせる。

誰かが遠くで私を呼んでいる気がした。

「しぇんしぇいーー!」

幼い声の主は私の体を揺すっている。

ゆっくり目を開けると、アルヴィンとリリ、レナードが私の顔を覗き込んでいた。

リリは心配そうな顔をしているが、アルヴィンはニヤニヤしている。

「しぇんしぇい、泣いてるよ？」

どうやら私は母との夢を見て泣いていたようだ。

内容は詳しく覚えていない。

でも、また会えるなら今度こそ看護師になったと伝えたいな。

それにしても、今はどういう状況だろうか。

頭には枕が置いてある。

枕が……？

「あっ、すみません！」

私はアルヴィンに膝枕をされて寝ていた。

さっきまで隣に座っていたので、そのままもたれて寝てしまったようだ。

「俺は気にしていない」

「いや、よだれとかついてないですよね？」

彼のズボンが汚れてないか触ったが、特に濡れている形跡はなかった。

「マミ先生は気にしなくても大丈夫だと思いますよ。ずっとニヤニヤしながらマミ先生の頭を撫でて――」

「おい、テメェ！」

アルヴィンがレナードに掴みかかる。

しかし、今の私にはそれを止める元気はない。

アルヴィンに膝枕をしてもらい、頭を撫でられていた。

この世界に来てから髪の毛をお湯でしか洗っていない。

それを考えると恥ずかしくなってしまう。

絶対今の私の髪の毛は臭いだろう。

「しぇんしぇい、これあげりゅ」

リリが持ってきたカゴには、丸い実がたくさん入っていた。

見た目はオリーブの実に似ている。

だが、数倍は大きくて梅のようなサイズだ。

「これは何？」

「おいーぶ！」

「オイーブ？」

初めはオリーブと言えなかったのかと思っていたが、アルヴィンとレナードもオイーブと言った。

この世界にしか存在しない種類の実なんだろうか。

「あっ、これでオリーブオイルを作れないかな？」

この世界では基本的に動物性の脂を使用している。だが、健康のことを考えたら、動物性よりオリーブオイルのような植物性のものを使った方が良いだろう。

「リリはこれを食べるの？」

「いりゃないよ？　しぇんしぇいのプレジェント！」

「えっ？」

「いちゅもがんばちぇるから」

あんなにぐずっていたのは、私にプレゼントをしたかったからだったのか。

その気持ちだけで心がポカポカしてくる。

「んー、リリありがとう」

私がリリを抱きしめると、リス特有の大きな尻尾を嬉しそうに絡ませてくる。

満足いくまでリリをもふもふさせてもらった。

ああ、屋外でもふもふ、幸せだな。

第十章　ママ聖女、オイーブオイルを作る

次の日も変わらず私は孤児院で家事をやっていた。

「本当に使っても良いのかな？」

「うん！」

今日はリリとハムと私の三人で、リリからプレゼントされたオリーブに似たオイ・ーブをオイルにするつもりだ。

「二人とも手は洗ったかな？」

リリとハムは私に綺麗に洗った手を見せてきた。

「ハムは食べちゃダメだよ？」

「そんなに食いしん坊じゃないもん！」

「いちゅもたくさんほっぺにあるよ？」

「それはリリも同じじゃん！」

たくさんいる子どもの中から二人を選んだのは、単に仲が良いからだ。

同じ齧歯類《げっしるい》の動物に似ているからだろうか。

オイーブ採取が得意なリリと食べることが好きなハムなら、お互いに協力しながら作業を覚える

ことができるだろう。

「じゃあ、私がオイーブを切るから、袋に入れてモミモミしてね」

「ハムがやろうか？」

「リリもやるよ？」

「せっかくリリからもらったオイーブだから、私も一緒にやりたいのよ」

私の言葉に二人とも目をキラキラさせていた。

二人は、胸の前に片方の手で拳を作って姿勢を正す。

たまにアルヴィンとレナードがやる仕草だ。

これはこの世界の騎士がやる敬礼みたいなものらしい。

時々こうして、子ども達が二人の真似をしているのを見かけるようになった。

「袋を開けてね」

「うん！」

細かくしたオイーブを麻のようなものでできた袋に入れて、二人はモミモミし始める。

「ちぇんちぇい、べちゃべちゃだよ」

ビニール袋とは違うので、袋を重ねていてもポタポタと果汁が出てきてしまう。

だが、今回はその果汁もオイルとして使う予定だから問題ない。

「たくさんモミモミして潰してね」

「わかったー」

リリとハムは必死にオイーブを潰していく。

大きさが梅サイズのため、袋で揉む前に細かく刻んだのは正解だった。

そのままだと、大きすぎて揉み潰すことはできなかっただろう。

袋を開けると、すっかりオイーブは潰れていた。

「じゃあ、ぎゅーってしようか」

「「うん！」」

大きな声にびっくりして二人の顔を見ると、なぜか嬉しそうにしていた。

そんなにオイルを作るのを楽しみにしていたのだろうか。

二人は袋をお皿の上に置くと、どこかへ行ってしまった。

「おーい、二人とも急にどうしたの？」

私が二人を追いかけると、手を洗っていた。

「しぇんしぇいにぎゅーってするときはきれいきれいしないと」

「汚いとクロに怒られる」

どういうことだろう。

私が困惑していると、手を綺麗にしたハムが勢いよく抱きついてきた。

「ぎゅー！」

「ハムじゅるい！　リリの手ベタベタするもん！」

どうやらリリはオイーブの油が手について取れないようだ。

「急にどうしたの？」

「えっ？　さっきぎゅーするって言ったよ？」

「あっ……」

きっとオイルを搾《しぼ》る〝ぎゅー〟と、ハグの〝ぎゅー〟を間違えたのだろう。

「しぇんしぇい見てみて！」

リリは両手を広げて私に見せてきた。

そんなにハグをしたかったのだろうか。

手が汚くても、この子達ならいくらでもハグしてあげるのに……

いたたまれない気持ちになりながらも、私は二人を強く抱きしめる。

「にひひひ」

「しあわしぇだね」

子ども達は嬉しいのか、ずっと笑っていた。

「そろそろ戻ろうか」

「うん！」

ずっとハグをしている二人の手を握って台所に戻る。

手を繋いでいる間、二人はニコニコしながら私の顔を見ていた。

可愛い姿を見ると、ついつい私も頬が緩んでしまう。

「じゃあ、今度こそぎゅーってするよ」

三人で力一杯袋を握って搾り出す。まだまだ不純物が目につくが、一日放置して分離した上の部分がオイルとなる。

ハムは今すぐ食べたいようで、私をチラチラと見ていた。

「そのまま食べても美味しくないから、明日の楽しみにしようね」

この世界のパンの種類は硬いものが多く、柔らかいパンでもフランスパンを少しふかふかにしたくらいだ。そのパンにかけても美味しいし、サラダに使っても美味しいだろう。

いつもサラダを食べる時は、何もかけずにほぼ生野菜だった。オイルがあれば、野菜が苦手なちびっこでも食べられる気がする。

「しぇんしぇいどうしたの？」

どうやら私はみんなの顔を思い浮かべて、無意識に笑っていたようだ。

周りから見たらおかしな人に見えただろう。

「ご飯のこと考えてたの？」

ハムは私を自分と同じ食いしん坊にしたいのだろうか。

「それはハムじゃないの？」

「むー、だってお腹空いたもん」

気づいたら外はもう暗くなっていた。

子ども達も外で遊ぶのをやめたのか、家の中から声が聞こえてくる。

「夕ご飯を作ろうか。二人とも手伝ってくれる？」

「うん！」

二人と一緒に夕ご飯を作って、その日の作業は終わりにすることにした。


「しぇんしぇい朝だよ」

「早くしないとご飯食べちゃうよ」

次の日、リリとハムに起こされて目を覚ます。

ハムの起こし方は独特な気もするが、彼らしさを感じる。

オイルができたか気になっていたようだ。

台所に向かうと、昨日のオイーブの搾り汁は分離して二層になっていた。

「かんちぇい？」

「食べていいの？」

二人はオリーブオイルを見たことがないため、どうなったら完成なのかわからないのだろう。

私はスプーンでオイルの部分を掬《すく》って、瓶に入れていく。

「これでオイーブオイルの完成だよ」

完成という言葉を聞いて、リリとハムはワクワクしている。

ただ、食べるのは今ではない。

「今からパンと野菜だけ買いに行こうか！」

「うぇ⁉」

せっかくなら焼きたてのパンとサラダにかけて食べたい。

私達は急いで着替えて準備する。

「ママ先生、どこいくの？」

出かけようとする私達に気づいたのだろう、クロが起きて部屋から出てきた。

「オレも行く」

クロは私にくっついて離れようとしない。

まだまだ寝起きの甘えん坊は直っていないようだ。

「じゃあ、クロも一緒に――」

「キキも行きたい」

「オイラも行く」

子ども達がゾロゾロと起きてきて、私を囲む。

気づいた時には全員起きていた。

これはみんなで買い物に行かないと、孤児院から出られない可能性が出てきた。

「アルヴィンさーん、どうし――」

アルヴィンに助けを求めようと思ったが、彼もみんなと一緒に行く気満々のようだ。

「さぁ、みんな行くぞ！」

「はーい！」

「えっ……ちょっと……」

これは全員連れていくしかないようだ。

私を先頭に、子ども達はゾロゾロと商店街に向かって歩いていく。

「みんな、ぎゅーって寄ってねー！」

「はーい！」

面倒なことに巻き込まれないように、今回は対策もバッチリだ。

前を向いて歩いていると、急に歩きにくくなった。

「ぎゅー！」

「ぎゅー！」

せっかく二列で並んでいたのに、なぜかみんながくっついてきた。

アルヴィンも紛れてくっつこうとするが、後ろにいて届かないので必死に手を伸ばしている。

これはどういう状況なんだろうか。

「あのー、これって……」

「さっきママミ先生が寄ってと言っただろう？」

「ママ先生がぎゅーしてって」

「しぇんしぇいぎゅーしよ！」

突然商店街で始まるハグ大会に、街の人達も笑っている。道の真ん中なので目立って恥ずかしいが、知っている人ばかりのため気にせず、子ども達とハグをする。

「マミさん、今日もサービスするから帰りに寄ってってって！」

いつも手伝ってくれる野菜屋の女性が声をかけてきた。

サービスをしてくれるなら寄った方が良さそうだ。

安く買える時に買った方がお得だしね。

「帰りに寄りますねー！」

「マミ先生はあの人にも抱きついているんですか？」

「へっ⁉」

アルヴィンの一言で、子ども達がさらに集まってきた。

「ママ先生はオイラ達の！」

「いや、キキの先生だもん！」

「しぇんしぇいは子ども達の！」

「マミ先生は俺のだ！」

どうやら私を取られると思ったのだろう。

今のところ、私がみんなと離れる可能性はないから安心してほしい。

それにしても、アルヴィンも子ども達に混ざっていた気がするが、気のせいだろうか……

「パンが売り切れちゃうから、行こうか」

「うん！」

ずっとハグをしていると切りがないので、パン屋に向かうことにした。

私が号令すると、子ども達は素早く二列に並び、再び歩き出す。

「あの子達、凄い動きね」

「騎士よりも統率が取れているな」

「ええ。それにしても、アルヴィンはもうちょっと努力が必要ね」

「アルヴィンがんばれー！」

背後からアルヴィンを応援する声が聞こえたが、彼は何かしているのだろうか。


パン屋に到着すると、子ども達と共に入り口から挨拶をする。

「いらっしゃいーって、おお、今日は一段と多いな！」

「みんなついてきちゃいました」

「みんな入っても大丈夫だぞ！　他の客はまだ来てないからな」

申し訳なさそうに入る私に続いて、ゾロゾロと子ども達が店内に入っていく。

ちゃんと私の真似をして、頭をペコペコ下げている子もいる。

「美味しそうだなー」

ハムはよだれを垂らしながら手を伸ばそうとして、必死に反対の手で押さえつけていた。

ここはハムやちびっこ達にとって、夢のような場所なんだろう。

もっとお腹いっぱい食べさせられるように頑張らないとね。

「よかったらどうぞ！」

そんな子ども達に店主の奥さんはパンを小さく切って配っていた。

「ご迷惑をおかけしてすみません」

「気にしなくていいぞ。俺らには子どもがいないから、あいつも楽しいんだよ」

パン屋の夫婦にも子どもはいたが、五歳になる前に亡くなってしまったらしい。

その現実に耐えられなくて、第二子を作ることを諦めたと言っていた。

今は笑顔で接しているが、母親であるあの人が一番辛かったのだろう。

「もらっていいの？」

「ゆっくり食べてね」

「ありあと！」

子ども達がパンのお礼に抱きつくと、奥さんは嬉しそうに笑っている。

私は子ども達が彼女を押し潰さないかハラハラしていた。

「今日はどれにするんだ？」

「柔らかめのものをいくつかください」

スープに浸して食べるなら硬いパンでも問題ないが、今日はオイーブオイルをかけるだけなので、硬いとちびっこ達は食べにくいだろう。

そこで、お店にある柔らかめのパンを買うことにしたのだ。

「食パン食べたいな……」

「食パン？　なんだそれ？」

私の呟きに店主が反応した。

どうやら食パンは存在しないらしい。

そういえば、ロールパンやクロワッサンなどのパンも見かけない。

「アルヴィンさんの家には、柔らかいパンはありましたか？」

「いや、パンと言ったら硬いのが当たり前だ」

歴代の聖女は何を食べて生活していたのだろうか。

ひょっとしたら、ハード系のパンが多い国から召喚されていたのかもしれない。

「やわりゃかいパン、ありゅぽ？」

「んー、ポッポは柔らかいパンの方が食べやすいもんね」

鳥に近い獣人のポッポは、とにかく口が小さいのだ。それにポッポは最年少グループの一人で、まだ幼いから、なおさら千切りやすく柔らかいパンが好みなのだろう。

「いちゅかポッポがちゅんちゅんにちゅくりゅぽ」

ポッポは語尾になぜか〝ぽ〟とつけて話す癖がある。

それに私は先生ではなく〝ちゅんちゅん〟らしい。

それにしても、パン作りに興味があるとは、彼は将来パン屋さんになるかもしれない。

きっかけはどこにあるのかわからないからね。

ポッポを撫でた後、店主にカゴを渡してパンをいくつか入れてもらう。

「灰でよかったんだよな？」

「ええ、孤児院では出ないので助かります」

それと同時に、灰の入った大きな瓶も受け取る。

私はパンを焼く時に出た灰を店主に集めてもらっていた。

こんなものをどうするのかと、店主は不思議そうな顔をしている。

それは店主だけではなく、アルヴィンも同様だ。

「それで何を作るんだ？」

「石鹸《せっけん》を作ろうかと思ってます」

「石鹸？」

手を洗う習慣がないこの世界には、石鹸も存在しない。

アルヴィンも石鹸やシャンプーの存在を知らず、湯浴《ゆあ》みをしても髪の毛に花から作ったオイルを少しかける程度だと言っていた。

そろそろ私の髪はパサパサになってきており、毛が絡まるようになってきた。

幸いアルヴィンのおかげで簡単な湯浴みはできるが、できればお風呂も作りたいところ。

ただ、そのためには土属性の魔法を使える人が必要らしい。

「できたら持ってきますね！」

パン作りでは直接小麦粉をこねるため、手洗いが必要になる。

手をしっかり石鹸で洗うことができたら、店主も衛生面で安心だろう。

「ご迷惑をおかけしてすみませんでした」

「いや、またみんなで来てくれて構わんよ」

「また食べにくりゅ」

子ども達の中では、パン屋に行ったらパンを食べられるという認識になっているようだ。

それでも店主の奥さんは嬉しそうにしていたから、私は何も言わない。

パン屋で働きたい子がいたら、研修させてもらえないか連絡してみようか。そんな風に思えるくらい、優しいご夫婦だな。

孤児院に帰ってきて、早速朝食の準備を始める。

ちびっこ達はパンを少し食べたため、空腹で泣き出す心配はなさそうだ。

準備と言っても、ただパンにオイルをかけるだけだが。

「先生、これで本当に美味しくなるの？」

ハムも心配そうな顔をして見ている。

この世界で一般的に流通している動物性の油は、臭いが強い。

臭いに敏感な獣人は、火を通さない油に良いイメージを抱いていないのだろう。

「食べてからのお楽しみね」

ついでに、サラダや簡単に火を通したお肉をお皿に載せて運んでいく。

パンにサラダとお肉を挟んだらサンドイッチにもできる。

ケチャキンサンドが人気だったので、ひょっとしたらこれも好きかもしれないと思って用意した。

「しぇんしぇい、テーブル拭いたよ」

「オイーブオイルたのちみ」

「オレもお腹減ってぺったんこになった」

子ども達は椅子に座って待っていた。

さっきパンを少し食べたから問題ないと思っていたが、食べ盛りにとっては臭いだけでもお腹が空いてしまうようだ。

「じゃあ、手を合わせて」

「あわしぇました」

「いただきます」

「いただきましゅ」

「いたましゅ」

食事のお祈りをした瞬間、みんなは一斉にパンを口に入れた。

美味しいのか確認しようと思ったが、子ども達の目の輝きを見て安心した。

「うんめぇー」

「うまうま！」

「これは本当にパンなのか？」

大人のアルヴィンも、オイーブオイルを垂らしただけのパンに感動していた。

私もパンを持って一口食べてみる。

「えっ……なにこれ」

今まで食べてきたオリーブオイルより遥かに美味しかった。

この世界に来て食べたものの中で、これが一番美味しいと言ってもおかしくないレベルだ。

口にした瞬間、オリーブ畑と青い空のイメージが脳内に広がる。

まろやかな口当たりで、果物のような風味を感じた。

「サラダと一緒に……おおおお」

新鮮なサラダに垂らせば、野菜の旨味が引き立ち、さらに野菜が美味しく感じられる。

全てシンプルな味なのに、高級レストランに来たような感覚を味わうことができた。

「しぇんしぇい……」

「リリ、どうしたの?」

リリが私の服を引っ張り、落ち込んだ様子で見上げてきた。

「なくなっちゃった……」

パンとサラダを食べ終わってしまったのだろう。

他の子ども達も食べ足りないのか、さっきまでの明るい表情はなくなっていた。

これが異世界オリーブオイル……いや、オイーブオイルの力か。

「俺の全財産を渡すので、もう少し食べることはできないか?」

アルヴィンなんて、財産を全て差し出すとまで言ってくる。

流石にそこまでやらなくて良い。

「ふふふ、まだまだたくさんあるから今日は食べるわよー」

「やったー！」

私の一言でみんなは大喜びした。

台所に戻ると、ゾロゾロとお皿を持った子ども達がついてきた。

再び野菜とパンを載せると、テーブルに戻って食べる。

そして、また台所に並んで順番を待つというループができていた。

オイーブオイル作りは大成功のようだ。

オイーブオイルの美味しさにハマった子ども達とアルヴィンは、話し合いをしていた。

「マミ先生、今日はリリと出掛けてきても良いですか？」

「何かありましたか？」

「オイーブをもっとたくさん採ってくるの！」

どうやら二人でオイーブを探しに行くらしい。アルヴィンもいるから安全面は心配ないだろう。

リリが積極的なので、私は二人に任せることにした。

「先生、これも食べるの？」

ハムはカゴに入っているパン屋でもらった灰が気になっているのだろう。

「またオエオエするよ？」

食いしん坊は灰も食べるのかと疑問に思ったが、クロに注意されてハムはすぐに灰が入った瓶を手渡してきた。

私が来る前に食べたことがあるのだろうか。

今回は美味しく食べたオイーブオイルと灰を使って、石鹸を作るつもりだ。

この間、ピクニックで寝てしまった時に、アルヴィンに髪の毛を触られて焦ってしまった。

いくらお湯で体を拭いていても、日本にいた時よりは綺麗に保てない。

特に髪の毛に関しては、どうすることもできないのが現状だ。

毛先が枝わかれして、パサパサゴワゴワしている。そろそろ手櫛《てぐし》も通らなくなりそうな気もする。

そこで思いついたのが石鹸作りだ。

石鹸作りに必要な材料は油と灰。

苛性《かせい》ソーダを使えば簡単に作れるが、子ども達と作るなら灰の方が安全な気がする。

草木から採れる灰には、炭酸カリウムがたくさん含まれている。

まずはその炭酸カリウムを取り出す必要があった。

「この中に入れていいの？」

「ゆっくり入れてね」

水の中に灰を入れて混ぜたらしばらく待つ。

その間に洗濯などの家事を少しでも終わらせておく。

ママ先生は毎日の家事に日々追われているからね。

しばらくすると灰が沈殿《ちんでん》したので、上澄《うわず》みの水を別容器に移し替える。

これを何度も行い、出来た水を沸騰させることで炭酸カリウムを含んだ水が完成する。

あとは油と混ぜて、再び熱することで液体石鹸の完成だ。

「ママ先生、だんだん固まってきたよ」

「あっ、本当だね」

作業をしていると、懐かしくなってきた。

実は小学生の時に自由研究で、母親と一緒に手作り石鹸を作った思い出がある。

あの時は本当に楽しかった。

今度は自分が子ども達に教えることになるとは思いもしなかったな。

「火傷しないように、入れ物に入れて固めていこうか」

容器に流し入れて数日放置したら、固形石鹸が出来上がるだろう。

水酸化ナトリウムの量が少ないため、固まるかはわからないが、それもまた楽しみの一つだ。

液体石鹸は固形石鹸の素《もと》を水で割って完成する。

ちなみにオイーブオイルがオリーブオイルと同じ成分なら、オレイン酸が多く含まれるはずだ。

皮脂と同じ成分で肌の馴染みが良く、うるおいを与えるため、乾燥肌の人も使える液体石鹸が完成するだろう。

この先寒くなってきた時に、どれだけ乾燥するかもわからないから、手荒れがしにくいのは大事なことだ。

「じゃあ、アルヴィンさん達が帰ってきたらみんなでキレイキレイしようか！」

「うん！　キキも綺麗になってレナードに好きになってもらうの！」

キキはレナードのために綺麗になりたいと言っていた。

恋するキキを私は応援したい。

「オレは……」

「オイラも……」

「二人も綺麗にするからね！」

「ギクッ!?」

クロやトトを筆頭に、男の子達はどうやらお風呂が苦手なようだ。全速力で逃げていく。

「今戻った……何をしているんだ？」

「あっ、アルヴィンさんおかえりなさい」

私は一生懸命お風呂から逃げる男の子達を追いかけていた。

いつもちびっこ達の手伝いをしてくれるクロとトトも、今回は協力してくれないようだ。

「先生、早くしないとパンが逃げちゃうよ！」

ハムだけは、明日もオイーブオイルのパンを食べられると伝えたら、急いで服を脱いで待機していた。

彼にとってお風呂から逃げることより食事の方が、優先順位は上なんだろう。

パンは逃げないから安心してほしい。

「石鹸ができたのでみんなをお風呂に入れようと――」

「俺も用事が――」

「リリ、アルヴィンさんを止めて！」

リリはアルヴィンに抱きついて引き止める。

まさかここにもお風呂嫌いがいたとは思わなかった。

「湯浴みは少し……」

「臭いアルヴィンさんは嫌いですよ？」

「えっ……」

アルヴィンはその場で崩れ落ちるほど落ち込んでいた。

〝臭い〟アルヴィンさんと言ったのに、今の自分が嫌われたと思ったのだろうか。

「そんな……」

それに動揺したのはアルヴィンだけではなかったようで、クロやトト達も似た反応を示していた。

そんなに私に嫌われるのが嫌なのかと思うと、少し嬉しい。

「よし、捕まえた！」

動きを止めている間に、子ども達を裏庭に連れていく。チャンスは今しかないのだ。

「アルヴィンさんがいないと大変なので、すぐに来てくださいね」

「えっ、俺が必要なのか？」

「必要です！」

彼がいないとシャワーを使えないのだ。

すると、アルヴィンは目をキラキラさせてついてきた。

途中服を脱ぎながら歩いていたが、リリが全力で阻止してくれた。大人がそんなところで服を脱ぐなんて許しません。それに私も気になって、子ども達をお風呂に入れる余裕がなくなってしまう。

そんなことを考えながら、急いで子ども達をお風呂に入れる。

「綺麗になったらクロのこと好きになる？」

「んー、どうかな？」

「ガァーン」

一番初めは孤児院のお兄ちゃんであるクロから始めた。

お兄ちゃんが大丈夫なところを見せたら、ちびっこ達も逃げなくなるからね。

「ふふふ」

「笑いごとじゃないもん……」

別に綺麗じゃなくてもクロのことは好きだが、流石にいつも元気に外で遊んでいるため、しっかり洗って綺麗にした方が良いだろう。

大きめな樽《たる》を半分に切った桶にクロを入れ、まずはアルヴィンの魔法で溜めてあるお湯をかける。

「じゃあ、洗っていくからね」

私は作ったばかりの液体石鹸を手で簡単に泡立てていく。

泡は滑らかで特に皮膚への刺激は感じない。

クロの体にも泡を乗せたが、特に気にならないようだ。

「私の大好きなクロは、ちゃんとお風呂に入れるもんね」

「うっ……うん」

クロはギュッと目をつぶる。

手でしっかり私の服を掴んでいるため、よほどお風呂が嫌いなんだろう。

クロの体を洗うと、みるみるお湯が汚れていく。

今まで各自で体を拭くように言っていたが、ちゃんとやっていなかったのがわかる。

「アルヴィンさん、お湯を変えてください」

魔法で出したお湯は、アルヴィンがまた呪文を唱えると消すことができた。

新しく出してもらったお湯を少しかけて、再びゴシゴシしていく。

「んー、クロは良い子だね」

クロは返事ができないようで、必死に頷いている。

泡が私の服にかかるが、そんなのお構いなしだ。

「うりゃうりゃうりゃ！」

汚れが少しずつ落ちていくと、だんだん楽しくなってきた。

泡がモコモコのクロは羊のようだ。

「ママ先生、もういい？」

「お湯で流すから目を閉じてね」

あとはゆっくりお湯をかけて泡を流して終わり。

「ママ先生？」

「クロって……」

「ママせんせ……い？」

「犬じゃなくて狼だったの？」

黒い犬に似ていると思っていたが、汚れが落ちたら、髪や耳の毛はシルバーアッシュに近い色だった。

「オオカミ？　クロはクロだよ？」

「あっ、そういうわけじゃなくてね。髪が黒いからクロって名前を付けられたのかと思ってたけど、そうじゃないんだね」

私の言葉にクロは首を傾げた。

「クロは黒色のクロだよ」

「でも、クロの髪は銀色だよ？」

鏡があれば自分の姿を見せてあげられる。しかし、この世界に来て鏡を一度も見たことがない。

「んー！　んー！　見えないよー！」

クロは必死に短い髪の毛を引っ張っていたが、見えるはずがない。

最後は諦めてその場で立ち尽くしていた。

「クロは髪の毛が短いからね。それにしても、お風呂に入ってえらかったね」

髪の毛と体を拭いてあげると、クロは私に抱きついてきた。

「クロえらいもん」

はぁ……

可愛すぎてキュンキュンする。

そんなクロを見て、私の服を引っ張る子がいた。

振り返ると、そこにはトトが待機していた。

「次はオイラの番だね。オイラもがんばるもん」

どうやらトトも私に洗ってほしいようだ。やんちゃなちびっこ達をまとめるトトも、まだまだ子どもだな。そう思ってトトを桶の中に入れると、どこからか声が聞こえてきた。

ひょっとしてこれは――

「しぇんしぇい、リリも洗ってー！」

「キキも洗ってー！」

次から次へと子ども達が集まってきた。

お風呂を嫌がらなかった女の子達には、自分で洗うように言っていた。

だが、女の子達も洗ってほしいようだ。

一人だけ洗ってあげて、他の子をやってあげないわけにはいかない。

みんなの期待する目が突き刺さる。

そして、アルヴィン。

成人男性であるあなたは自分で洗ってくださいね？

そんなキラキラした瞳で見つめられても困る。

そもそも大人の男性と一緒にお風呂に入ったこともないため、流石にそれは無理だ。

アルヴィンのことは無視して、私は子ども達を洗うことにした。

終始アルヴィンの視線が痛かったが、二人でお風呂に入るなんて無理だ。

心臓がバクバクを通り越して、本当に口から出てきてしまう。

「アルヴィンさん、お湯をお願いします」

「わかった……」

渋々アルヴィンは魔法を使って泡を洗い流していた。


お風呂に入り終わった子ども達は、みんなで座り乾くのを待っていた。

「しぇんしぇい、良いにおいしゅる？」

リリが尻尾を私の鼻の前に持ってきて、スリスリしてくる。

アロマを入れた訳ではないが、オイーブの良いにおいがリリの尻尾から香る。

「ママ先生も良いにおいする」

クロは私に抱きついてにおいを嗅いできた。

子ども達を洗い終わった後に私も液体石鹸を使って体と頭を洗ったのだ。

「本当だ！　先生もキキと同じ匂いがするね」

「オイラも一緒だぞ！」

リンスやコンディショナーを作っていないため、髪の毛はサラサラにはならなかったが、それでも汚れは綺麗に落ちた。

レモンのクエン酸を使えばリンスも作れるので、今度はリンス作りをするのも良いだろう。

「俺と同じにおいがするな」

「うぇっ⁉」

子ども達が私の髪の毛を触っていると思ったら、アルヴィンが髪の毛のにおいを嗅いでいた。

あまりにも突然の出来事に私の思考は停止する。

「ママ先生お熱があるの？」

「へっ？」

クロが心配して私のおでこに触れていた。

いや、これはきっと湯浴みをして体が温かくなっているだけだ。

それでも全身が燃えるように熱い。

「マミ先生、大丈夫か？」

アルヴィンは私の顔を引き寄せるとゆっくり近づいてくる。

澄《す》んだ綺麗な瞳が私を見つめている。

あと数センチメートルで唇がくっつきそう、というところで、彼は動きを止めた。

アルヴィンは私の額に自分の額を当てて熱を測っていた。

「たしかに少し熱いかもしれないいな」

イケメンにそんなことやられて熱くならない女性はいないだろう。

子どもっぽい人だと思っていたのに、急に大人の姿を見せられるとドキドキしてしまう。

「あっ、すみません。体調が悪いのでもう寝ます！」

私はその場から離れるために、急いで寝室に向かった。

布団に包《くる》まると、必死にドキドキする心を落ち着かせる。

「アルヴィン兄ちゃん、また何かやったんじゃないの？」

「えっ？　俺は熱を測ろうかと――」

「本当に乙女の気持ちがわからないのね」

「キキだってわからないだろう！」

「あなた達より知ってるもん！」

隣の部屋からは、アルヴィンと子ども達の元気な声が響いていた。

どうか、私の心臓が落ち着きますように……

心不全だけは嫌だな。

第十一章　ママ聖女、孤児院に帰る

曇り空のある日、アルヴィンはどこかに行く準備をしていた。

「ママ先生、これをつけてもらってもいいか？」

アルヴィンは小さなブレスレットを私の腕につけた。

「お守りだ。何かあったら、魔力を込めて俺のことを考えてくれ」

もう夕方なのに、今日もアルヴィンはどこかへ出かけるらしい。

さらっと恥ずかしくなることを言って、孤児院を出ていく。

「これ、ママ先生みたいに綺麗だね」

クロがブレスレットを見て呟く。薄い緑色に輝く小さな石がアクセントになっていた。

お守りとして渡されたが、騎士にはそういう慣習があるのだろうか。

「私はこんなに綺麗じゃないよ？」

「んー、ママ先生は一番綺麗だよ！」

クロもアルヴィンに似てきたようだ。恥ずかしくなった私は急いで寝ることにした。


——ガタン！

うつらうつらしていると、小さな物音が聞こえた。

またお腹を空かせたハムが、台所で何かしているのだろうか。

眠い目を擦りながら、ゆっくりと台所に向かう。

「ハム？　どうしたの？」

台所に着くと誰もおらず、荒らされた様子もない。

トイレに行って寝ぼけて台所に戻ってきた子がいるわけでもない。

きっと私が風の音を物音だと勘違いしていたのだろう。

部屋に戻るために振り返ると、そこには誰かが立っていた。

「……アルヴィンさんですか？」

男はゆっくりと近づいてくる。部屋が暗いため誰かわからない。

だが、アルヴィンならすぐに返事をしてくれるはず。

その時、雲が晴れて、台所に月明かりが差し込んだ。

私はゆっくりと少しずつ後ろに下がる。

「あなたは？」

「本当に運の悪い女だな」

目の前にいたのは、知らない男だった。

男はその場で私を押さえつけると、口と鼻に布を当ててきた。

何かはわからないが、吸ってはいけないものだと反射的に悟《さと》って息を止める。

ただ、ずっと息を止めていると、酸素が足りなくて意識が薄れてくる。
「ママ先生……？」
暗がりの中から、心配そうなクロの声が近づいてくる。
私達の会話する声が聞こえたのだろう。
「子どもを酷い目に遭わせたくなければ、ついてこい」
私は小さく頷くと同時に、布に含まれていた何かを吸ってしまった。
そして私は抵抗する力を失い、男の肩に担《かつ》がれる。
こっちに来てはいけない。
私が子ども達を守ってあげないといけない。
クロからは見えていないだろうが、ここに来たのはこの男だけではなかった。
さっき、隠れて見張りをしている男が二人いるのが目に入ったのだ。
しかし、私の願いも虚しく、クロは捕まって紐で縛られてしまった。
「んー！　んんんん！」
布で口を覆われ、柱にくくりつけられている。
それ以上乱暴なことはされなさそうなのが唯一の救いだ。
きっと、明日にはレナードが顔を出すし、起きた子ども達がクロを助けるだろう。
私はそのまま意識を失った。

気づいた時には、私はどこかの屋敷の前にいた。

ぼーっとする頭を治すために、回復属性魔法をかけたが、あまり効果はないようだ。血小板の時のように、何かをイメージしないとすぐには効かないのだろうか。

布に染み込んでいたのが薬物であれば、代謝を促進させることで変化があるかもしれない。試しに肝臓が有害物質を解毒、分解をするところをイメージする。

「頑張れ酵素。シトクロムちゃん」

解毒を行う酵素として有名なシトクロムに呼びかけ、肝臓に意識を向けると、少しずつ頭がスッキリしてきた。

「おい、歩け」

私は男に引っ張られて屋敷の中に入っていく。

回復したことがバレないように、しばらくはぼーっとした振りをすることにした。

今日から私は女優よ。

そして辿り着いたのは、窓すらない閉鎖的な部屋だった。

扉の奥のベッドには、ゴールドピンチ子爵家の男と、裸の女性達がいた。

やはりこいつが関わっていたのね。

「薬漬けにはしていないのか？」

「少しぼーっとしている程度だと思います」

薬漬けということは、あの布に染み込んでいたものには麻薬みたいな効果があったのだろうか。

貴族の男の周りにいる裸の女性達は無表情で、口から唾液《だえき》を垂らしている。

明らかに普通の人達ではない。

私もあの人達みたいになるのだろうか。

「ははは、まだ意識がしっかりしているのか」

私が女性達を見ていたことに気づかれたようだ。

どうにか逃げ出す方法を探さないといけない。

「こいつらは、以前孤児院の管理人をしていたやつらだ」

その言葉に私は目を見開く。

この人達が孤児院の可愛い子ども達に暴力を振るっていたのか。

ひょっとしたら、その時には彼女達はすでに薬漬けになっていたのかもしれない。

それでも、やって良いことと悪いことは変わらないが。

「私もこんな風になるんですか……？」

立ち上がり、近づいてくる男に少し探りを入れてみる。

「ははは、そうだ！　俺がこいつらを変えたんだ。ほとんどは俺に擦り寄ってきた惨めな女達だけどな。お前もすぐに気持ちよく――」

男は話の最中、一瞬こちらから視線を外した。

その隙を見逃さず、私は素早く扉に向かって走る。

「私は絶対にならない！」

まだ解毒しきれていないからか足がもつれる。

転びそうになりながら、それでも扉に向かう。

「ははは、やっぱりお前は最高だな！」

扉に手をかけた瞬間、これで逃げられると思った。

「えっ、開かない……」

何度も扉を押し引きするが、開く気配がない。

引き戸かもしれないと思い、横に引っ張ってみるがやはりダメだった。

私の焦った顔を見て、男は口角を吊り上げた。

「怪しい人が入って来ないように、扉の鍵はかけないといけないなー」

孤児院のことを皮肉っているのだろう。

追い込まれた私は部屋の中を逃げ回る。

するといつの間にか、ベッドの近くまで追い詰められていた。

「そんなに俺と子作りがしたいのか」

あまりにも気持ち悪い発言に鳥肌が立つ。

こんな男と一夜を共にするなんて死んでもごめんだ。

「私の子どもは、孤児院のちびっこ子達だけよ」

「あはは！　そういえば、あの獣人達がなぜ孤児院にいるのか知っているか？」

唐突な問いに私は眉をひそめる。

しかし、言われてみたら街では獣人の姿は見かけない。

なのに孤児院には獣人ばかりが集まっている。

普通の孤児院なら人族がいてもおかしくないはずなのに。

「あいつらは俺が金を手に入れるために誘拐したガキだからだ」

「どういうこと……」

「簡単なことだ。差別されてる可哀想な獣人が孤児院に来たら、国は金を出すだろ？」

「まさか……」

「やっぱりお前は頭が良いな。誘拐や獣人殺しは最高だったぞ」

大きな高笑いが部屋中に響く。

目の前の男は金を手に入れるために、獣人の子どもを親から奪ったのだ。

孤児院に子どもが増えれば増えるほど、国から運営費をもらえる。

そして派遣した管理人達を利用して、そのお金を横領《おうりょう》していたというわけだ。

「あなた最低ね！　ゴミクズ……いや、ゴキブリ以下よ！」

「ゴキブリ……？　意味がわからないが、お前には躾《しつけ》が必要だな？」

男はベッド横にある机の引き出しから何かを取り出すと、唇をぺろりと舐めながら近づいてくる。

その手に握られていたのは鞭だった。

思わず後ずさると、急に体が後ろから引っ張られた。

「あっ……」

体が倒れていく。
そこには、危険な笑みを浮かべる妖艶《ようえん》な女性がいた。
「あなたも最高な日にしましょう」
どうやらベッドに寝ていた裸の女性に引っ張られたようだ。
「はあ……はあ……」
男は息を荒らげながら近づいてくる。
逃げようにも女性に掴まれて動けない。
微かに感じる吐息が気持ち悪い。
そして、女性の口臭が気になる。
この臭いと麻薬は関係があるのかもしれない。
「誰か助けてください！」
必死に声をあげる。
しかし、誰も来る気配はない。
こんなことになるなら、孤児院のママ先生になんてならなければよかった。
そうすれば巻き込まれずに済んだ。
――普通ならこう思うだろう。
だが、私にはそんな気持ちは一切なかった。
たくさんの経験ができて、可愛い子ども達に囲まれた私は幸せだった。

あの子達のもとへ帰るまでは諦めないし、諦めるつもりもない。

「アルヴィンさん……みんな……」

孤児院のみんなを思い浮かべながら、もう一度解毒のために回復属性魔法を使う。

強く強く祈ると、腕につけていたブレスレットが突然輝き出した。

あまりにも眩しくて、私が目を瞑った瞬間。

――ドーン！

何かを壊す音が聞こえたと同時に、聞き慣れた声がした。

「ママ先生！」

ゆっくりと目を開けると、そこには剣を構えたアルヴィンがいた。

扉は粉々に破壊されている。

名前を呼ぼうと声を出す前に、アルヴィンが駆け寄ってきた。

「何かされていないか？　大丈夫か？」

私を抱き上げてクルクルと回す。

独特な確認の仕方だが、アルヴィンも気が動転しているのだろう。

「あのー、何もされていないですよ」

「よかった！」

アルヴィンは安心したのか、抱きついてきた。

うん……さっきの気持ち悪い男と違って、ほのかに良い香りがする。

ただ、あまりにも近過ぎて戸惑ってしまう。

「ちょ……アルヴィンさん近いです」

考えてみたらイケメンに抱きつかれているこの状況は、恋愛経験が乏《とぼ》しい私には毒だ。心臓の鼓動が止まらない。

「ああ……すまない！」

シトクロムちゃん、解毒をお願いします！

私は肝臓に働きかけたが、心臓の鼓動は止まらない。

あっ、心臓の鼓動を鎮《しず》めるのに、肝臓に魔法をかけていた。

私の言葉で、ようやくアルヴィンが距離を取った。

チラチラとこっちを見てくるが、私が目を合わせようとすると避けてしまう。

「ははは、息子のこんな姿を見ることになるとはね」

破壊された扉の向こうで、にこやかな宰相と大柄な男がこちらを見ていた。

「えっ……息子？」

「そうだよ。アルヴィンは私の息子だ」

アルヴィンは宰相の息子だったのか。そういえば、前に孤児院のお金について確認したら、直接宰相に聞いてみると言っていたが、あれは親子関係だったからできたのだろう。

普通の騎士が宰相と直接話すことなんてできないはずだ。

「お前ら、俺の屋敷に勝手に入ってきて――」

「その汚い口はやっぱりいらなかったようだな」

アルヴィンは剣を男の口に刺そうとした。

「剣が汚れちゃいます！」

咄嗟に口から出たのは、アルヴィンの剣への心配だった。

「その剣は大切な人を守るための剣ですよね？」

以前、アルヴィンから騎士についての話を聞いたことがある。

騎士は忠誠を誓った人を守るために存在する。

それなら、あの剣であんな汚いやつを切ってはならない。

「ゴキブリにはスリッパで十分です！」

「ははは、あの子の方がよっぽど聖女みたいだな」

大柄な男は笑いながら、ゴールドピンチ子爵家の男に近づくと勢いよく殴った。

鈍い音が部屋に響き渡る。

「あっ、素手だと汚いので靴とかの方が……」

「ははは、君は面白いね」

なぜか宰相は私の方を見て笑っていた。

大柄な男の手が止まった時には、ゴキブリ男はぐちゃぐちゃになっていた。

「君は自分が何をやっていたのかわかっているか？」

宰相は男に近寄ると、何かの道具を取り出した。

「あれは？」

「録音機だ」

隣に戻ってきたアルヴィンが説明してくれる。

宰相がボタンを押すと、ゴキブリ男が私と話していた時の会話が流れた。

前からこの部屋に仕掛けてあったのだろうか。

周囲を見回していたら、アルヴィンが突然私の腕を掴んだ。

急な行動に、また心臓の鼓動が速くなる。

シトク……いや、心臓に回復属性魔法を！

「ここから音を拾ったんだ」

「えっ……？」

腕を見ると、そこには緑色の石がついたブレスレットがあった。

「ここに風属性の魔法を仕込んでおいたから、声を録音できた」

咄嗟に、今日自分は変なことを言っていなかったかと考える。

クロと話していた時も特に恥ずかしいことは言っていない。多分、大丈夫だ。

「ああ、魔力を流さないと声は届かないから安心しろ」

どうやら、私が解毒のために魔法を使ったのがきっかけになったらしい。

お守りと言っていたのはこういう意味だったのか。

でも、そういうのはちゃんと事前に伝えてほしかった。

やっと助かった実感が出てきて、私はその場に座り込んでしまった。

すると、大柄な男がゴールドピンチ子爵家の男を引きずってこっちに来た。

どうやらこの人は、アルヴィンが所属していた騎士団の団長らしい。

今回は宰相の頼みで駆けつけたそうだ。

「助けていただき、ありがとうございます」

私が宰相にお礼を伝えると、なぜか彼は私の後ろを気にしていた。

「ははは、私は息子に頼まれただけで――」

「なっ⁉」

振り向くと、アルヴィンはあたふたしていた。

なんでだろうと考えていると、宰相が声を上げて笑う。

「はは、とにかく君が無事でよかったよ。孤児院にはレナード達が駆けつけたから気にしなくていい」

どうやら子ども達のところにも数人の騎士が向かってくれたらしい。

それがわかっただけでも安心した。

「ありがとうございます。ちなみに、ここにいる女性達は治療した方が良いですか？」

裸の女性達はこんな状況にもかかわらず、ぐったりして動かない。

ただ、彼女達の麻薬使用の証拠が欲しいのなら、回復属性魔法をかけることはできない。

治療したら成分が検出されなくなる気がした。

なんとなくだが、そう感じている。

しかし、治療ができるなら早めにした方が良いのは間違いないだろう。

「彼女らの状態がわかり次第、また来てもらってもよろしいかな？　孤児院へのお金も――」

「すぐに行きます！」

孤児院のお金を増やしてもらえるなら、いくらでも行こう。

シトクロムちゃんの扱いがだいぶわかってきたため、できることも増えた気がする。

ひょっとしたらアルコール中毒者の治療にも使えるかもしれない。

外には数人の騎士がいて、次々と女性やゴールドピンチ子爵家の男を運んでいく。

「じゃあ、俺達も帰るか」

「そうですね」

部屋から出ると、扉の近くに座り込んだおじさんがいた。

きっとゴールドピンチ子爵家の現当主なんだろう。

「教育を間違えた……」

彼の姿を見て、つい考えてしまう。

もし、孤児院の子ども達が悪い道に進んだら……

彼らを全力で止められる、そんなママ先生でありたいと私は思った。


私が捕まったのは夜中だったのに、いつの間にか朝日が出ていた。

早朝の街には誰もおらず、静かな鳥の囀《さえず》りだけが聞こえてくる。

「いつも助けてもらってばかりですね」

「いや、今回は俺の対応が遅れてすまなかった」

アルヴィンは情報を集めるために、しばしば公爵家の屋敷に戻っていたらしい。

今までの外出にちゃんとした理由があったことを知り、少しホッとした。

「せっかくお守りをプレゼントしてもらったので、このままつけててもいいですか？」

使い方がわかったため、何かあった時のためにつけておいた方が良い気がした。

「アルヴィンさん？」

振り返ると、アルヴィンは立ち止まって俯《うつむ》いていた。

もしかして、あまり体調が良くないのだろうか。

「それなら指輪――」

「具合が悪いのなら私が治療しましょうか？」

「えっ？」

アルヴィンの胸に手を当てて回復属性魔法をかける。

しかし、魔法を使っているはずなのに、アルヴィンの心臓の鼓動はさらに速くなっていく。

これは救急外来に行った方が良いのかもしれない。

いや、この世界に病院はないんだった。帰って寝る方が良いんだろうか。

「早く帰って寝ましょうか」

私が見上げると、アルヴィンは顔を赤く染めていた。

「一緒に寝るのか？」

ん？

なんでそんな話になっているのだろうか？

そうこうしていたら、向こうの方に子ども達の姿が見えてきた。

「しぇんしぇーい！」

「ママ先生！」

どうやら子ども達は早くに起きて、私が帰ってくるのを待っていたらしい。

耳の良い獣人には遠くにいる私の声が聞こえていたのか、勢いよく走ってきた。

ちびっこ達も目を擦りながら走ってくる。

「アルヴィンさん、競争でもしましょうか？」

「えっ？」

「よーい、ドン！」

ここは必殺〝聞かなかった振り〟で乗り切ろう。

社会に出たらスルースキルは必要になるからね。

私は足に力を入れて、子ども達に向かって勢いよく走り出す。

「はぁー、中々上手くいかないな」

アルヴィンはまだ立ち止まって何かを考えているようだ。

「アルヴィンさーん、早く帰らないと朝ご飯なくなりますよ」

「アルヴィン兄ちゃんのはクロが食べる！」

「トトも食べる！」

「ぼくも！」

「私も！」

「俺のマミ先生手作り朝食は渡さん！」

みんなでアルヴィンの朝食を食べる話をしていると、アルヴィンも走ってきた。

「ねーね、ママ先生？」

「どうしたの？」

「みんなで手を繋いで帰ろ！」

クロの提案に乗り、私達は手を繋いで孤児院に帰ることにした。

第十二章　ママ聖女、宰相に呼ばれる

「おはようございます」

「あっ、おはようございます」

ボサボサの髪の毛を触りながら起きてきたアルヴィンの姿に、少しドキッとしてしまった。

先日の事件があってから、私の目にはアルヴィンがますますかっこよく見えるようになった。

こうして見ると本当に大きな子どもみたいなのに、どうして心臓が跳《は》ねるのか。

「マミ先生、おはようございます」

「はーい！」

玄関の方からレナードの声が聞こえてきた。

私が急いで向かうと、レナードはなぜか鎧を着ていた。

「鎧を着て、どうしたんですか？」

「今日は宰相にマミ先生を連れてくるよう命じられて伺いました」

レナードはアルヴィンに丸まった書状を手渡した。

そこには、この間のゴールドピンチ子爵家の事件について話があると書いてあった。

「子ども達はどうしましょうか」

私とアルヴィンが行ったら子ども達を置いていくことになる。

レナードも仕事で来ているため、面倒を見てもらうわけにはいかない。

「それについてですが、ぜひ子ども達も一緒に連れてきてくれと仰っていました」

「はぁ？　あの父上が!?」

アルヴィンには宰相がそんなことを言う人とは思えないらしい。

眉間にシワを寄せて急に黙り込んだ。

子ども達を呼んだ理由を考えているのだろうか。

私もあの王子達のことを思い返す。貴族は私達とは全く別の世界に住む人のようだ。

そんな人達が住むところに子ども達を連れていっても良いのだろうか。

それに、獣人は貴族に嫌われているはず。

「安心してください。第二騎士団が子ども達の面倒を見る予定になってます」

「あー、それなら大丈夫かもしれないな」

「第二騎士団は貴族じゃないんですか？」

「いやー、会えばわかるよ。あいつらみんなバカだ」

「ええ、引くぐらいバカだから、子どもには良い顔をすると思いますよ」

どうやらアルヴィンが所属していた第二騎士団は少し頭が弱いらしい。

私としては逆に心配だ。

だって、アルヴィンみたいな大きな子どもがたくさんいるところってことになる。

というか、二人とも自分の所属している騎士団をそんな風に言って良いのだろうか。

「ママ先生……？」

「あっ、クロおはよう」

子ども達が目を擦りながら起きてきた。

宰相に呼ばれているなら、早く朝食を食べて出発しないといけないだろう。

「レナードさんは何か食べてきましたか？」

「いえ、私は――」

「ならオイーブオイルのパンを食べていきましょ！」

起きたばかりのキキが、レナードの手を引っ張って家の中に入っていく。

レナードが大好きなキキは一緒に食べたいのだろう。

「とりあえず準備をしましょうか」

「そうですね」

私も台所に向かい朝食の準備を始めた。

ちなみに、オイーブオイルを垂らしたパンを食べたレナードはその場で崩れ落ちていた。

やはりオイーブオイルは最強らしい。

そんな姿の彼を見るとは思いもしなかった。

なんだか、レナードはここに初めて来た時よりも感情が出やすくなっている気がする。

アルヴィンもだが、レナードも子ども達に影響されているのだろう。

私達は早速商店街の奥に向かった。

買い物の時はこんな奥まで来ることはなかったな。

到着した先には一際大きな門がある。ここからしか貴族街にはいけない。

「おい、お前達止まれ」

鋭い声をかけられて、私はビクッとした。

門番が止めるのも道理だ。

だって、普通は馬車で通る道を徒歩で移動しているからね。

「あー、俺だ。宰相に呼ばれたんだ」

「うぉ、アルヴィンさん！」

どうやら門番とアルヴィンは知り合いのようだ。

第二騎士団は、貴族街とこの門を守る仕事もしているらしい。

「よし、お前達並ぶんだ」

「はい！」

アルヴィンの掛け声とともに子ども達は一列に並ぶ。

今から何をするのだろうか。

「任務ご苦労様です」

「ごくろしゃまでしゅ」

「ごくしゃまです」

みんなは胸の前に拳を作り姿勢を正した。

よくアルヴィンとレナードがやっている敬礼だ。

「うおぉぉぉぉ！」

子ども達の姿に門番の二人は驚いていた。

いや、私も一緒になって拍手するぐらい驚いている。

「こちらこそお言葉、感謝致します」

門番の二人も胸に拳を当てて敬礼する。

「門番もかっこいいね」

子ども達の声に、門番の二人はニヤニヤしている。

アルヴィンがバカだと言ったのはこういうことか。

バカというよりは単純で素直な性格をしているようだ。

「将来は門になりたいなー」

「門？　そっち？」

「うーん」

いつもマイペースなナマケモノのちびっこ獣人は、将来は門になりたいようだ。

門になればぼーっとできると思っているのだろう。

たしかにずっと閉まっていることが多いし、貴族が平民の住む商店街に来ることは少ない。

「ははは、将来は門になるのか！　それならもうちょっと大きくならないといけないいな」

優しく撫でられて、ちびっこ獣人は心地良さそうに目を細めていた。

「くっ……」

門番の人もきっと、ちびっこ獣人の可愛さに魅了されたのだろう。

私もこういう顔を見ると胸がいっぱいになる。

うちのちびっこ達は世界一可愛いからね。

アルヴィンが宰相からもらった書状を渡すと、門が大きく開いた。

「貴族街にいる貴族達には気をつけろよ」

「ああ」

私達は貴族街に足を踏み入れた。

なるべくなら貴族には関わりたくない。

それが私の思いだ。


「わぁー、ピカピカしてるね」

「ねぇ、あの服はなんで布が多いの？」

「なんか臭いよ」

街が綺麗なことに驚くキキ。

ドレスを見て疑問に思うリリ。

そして、獣人の大半は街に漂う香水の混ざったようなにおいに鼻を塞いでいた。

そういえば、体臭を消すために、貴族は香水をつける習慣があると聞いていた。

鼻が敏感じゃない私でも、思わず息を止めたくなる。

しばらくは鼻を押さえて歩かなければいけないのだろう。

「私はそろそろ到着することを先に伝えてきます」

そう言ってレナードは先に城に向かった。

その後ろ姿をキキが寂しそうな顔で見送る。

しばらく城に向かって歩いていると、ある馬車が急に目の前で止まった。

私は子ども達の前に立って警戒を強める。

すると、ドレスを着た女性が馬車から降りて近づいてきた。

他の貴族達は私達を視界にも入れようとしなかったのに、その人はこちらをまっすぐ見ている。

「あら、アルヴィン様。お久しぶりですわ」

「グシャ公爵令嬢ですか。お久しぶりです」

さっきまでちびっこ達と笑顔で話していたアルヴィンの顔は、一瞬で冷たくなっていた。

表情が抜け落ちたという言葉がぴったりな変わり様に、ちびっこ達も戸惑っている。

「最近貴族街でお見かけしませんが、今は何をなさっているのですか？」

女性は汚物を見るような目で子ども達を見た。

アルヴィンもそれに気づいたのか、自分の体で彼女の視界を塞ぐ。

「この度騎士団を退団して、自分探しをしているところです」

「あら、そうだったんですね？　それで後ろの女性は聖女の知り合いかしら？」

明らかに私に敵意を持っている。

そして、彼女は橘さんを知っていた。

彼女が今何をしているかはわからないが、この人と関係があるのだろうか。

「挨拶をさせてもらってもよろしいですか？」

「いや、マミ先生は――」

「大丈夫ですよ」

露骨に牙を剥くなら、私も受けて立つだけだ。

しかし、しばらく経っても彼女は挨拶する素振りも見せない。

これはどういう状況だろうか。

「あなた、ちゃんとした教育を受けてないのね。まだあの女の方がしっかりしていたわ」

どういうことなのか全くわからない。

ただ一つわかったのは、私はこの女のことがめちゃくちゃ嫌いだってことだ。

「申し訳ありません。無学で浅識《せんしき》な私に比べて、貴女はまさに博覧強記《はくらんきょうき》な方なのでしょうね」

「えっ……そうね」

突然へりくだった態度を取る私に、彼女は一瞬驚いた後、得意げな顔になった。

……こんなわかりやすい皮肉すら察せないなんて、笑ってしまう。

彼女が再び口を開いて話そうとするのを、私は笑顔のまま遮《さえぎ》った。

「きっと私の下賤《げせん》な言葉の意味など、高貴なお方にはご理解いただけませんよね？　貴女の貴重な時間は、私に費《つい》やす代わりに、自己研鑽《じこけんさん》に当てた方がよろしいかと」

彼女は何も答えられずにポカーンとした表情をしている。

「さぁ、みなさん行きますよ。宰相様を待たせてはいけないですからね」

アルヴィンに微笑みかけると、彼は困惑した様子で頷く。

きっとアルヴィンも私の言ったことの意味を理解していないのだろう。

ただ、後ろにいるキキは一生懸命考えている。

子ども達が良からぬ言葉を発する前に、その場から離れることにした。


「んー、先生さっきのはどういう意味なの？」

キキの質問に、私は他に人がいないか確認してから返事をする。

「簡単に言ったら、言葉の意味すら理解できない人は、私にちょっかい出してないで勉強した方が良いと思うって意味かな？」

「流石先生だね！　キキも今度使ってみるね」

天才のキキはきっと将来、言葉を巧みに扱えるようになるだろう。

でも、親としてはできれば今のまま素直に大きくなってほしい。

「いいか、クロ」

「ん？　アルヴィン兄ちゃんどうしたの？」

キキと話している間、クロとアルヴィンは男同士で話し合っていた。

私はこっそりと近づき耳を澄ます。

「絶対にマミ先生を怒らせたらダメだぞ」

「オレはそんなことしないもん」

クロの言う通り。

今までクロは私を怒らせたことはない。

むしろ、私は彼の可愛さに毎日癒されている。

大体、私があそこまで言うことは滅多《めった》にない。

理不尽なことを言われたり、子ども達が危険な目に遭《あ》ったりした時は例外だけど。

「もしマミ先生を怒らせたら、その時はすぐに謝るんだ」

「んー、アルヴィン兄ちゃん。きっと今がその時だと思うよ？」

「えっ？」

アルヴィンは私の顔を見て、額から汗をタラタラと流した。

きっと何か言われると思っているのだろう。

特に怒っているわけではないが、怒っているふりをした方が良いのだろうか。

「アルヴィンさん、行きますよ」

とりあえず優しく微笑むとアルヴィンはオドオドとしていた。

「アルヴィン兄ちゃん、謝ったら？」

「そうだよ？」

「先生怒ってるよ？」

「すまなかった！」

子ども達に言われて、アルヴィンは謝るしかないと思ったのだろう。

子どもに促されて謝るなんて、大人としてそれはどうなんだと思ったが、そもそも私は怒っていないし、そんな彼が可愛く思えた。

「アルヴィンさん」

「!?」

頭を下げたアルヴィンは、体をビクッとさせた。

「くくく、私は怒ってないですよ。むしろ怒ったと決めつけられたことに怒りそうですね」

「うぇ!?」

アルヴィンは急いで顔を上げる。

いつもの無表情ではなく、泣きそうな顔になっていた。

これは私もやりすぎたようだ。

そういえば、グシャ嬢とやらはアルヴィンの知り合いのはず。

謝るのは、彼女に腹を立ててしまった私の方だった。

「私の方こそ大人気《おとなげ》ないことをしてしまってすみません。さっきの方は、アルヴィンさんのお友達ですよね？」

「いや、それは絶対ない！　友達でも知り合いでもないぞ。むしろ関わりたくないくらいだ」

そんなに全力で首を横に振られると、令嬢に対して同情してしまいそうだ。

「そうなんですか……とりあえず、もう謝らないでください。アルヴィンさんには笑顔が似合うので笑っててくださいね」

再び笑いかけると、今度こそ私が怒ってないと信じてくれたようだ。

うるんだ目でにこりと笑われると、私の中にある何かが沸々と湧き出てきそうな気がした。

これが年下男性の魅力なんだろうか。


「あそこはドレスが綺麗だと噂になっている店だ」

「あそこのレストランは、シチューが美味しいと聞いている」

アルヴィンは、城までの貴族街にあるお店や施設について細かく教えてくれた。

観光に来ている気分になったが、今後私が貴族街に来ることはほぼないだろう。

「アルヴィンさん、ありがとうございます。いつか行けたらいいですね」

「ああ！　ぜひ、デ――」

「子ども達全員を連れてこれるといいですね」

こんな豪華なお店で美味しい物を食べられるなら、ぜひ子ども達に食べさせてあげたい。

私の中では子ども達が一番上にいる。

「あっ……ああ」

アルヴィンが一瞬落ち込んだように見えたが、見間違いだろうか。

振り返ると普段通りの顔に戻っていた。

城に近づくと、奥の方でレナードが手を振っている。

私達は城の表口ではなく、レナードがいる方に向かった。

表口は貴族がたくさん出入りしている。何かに巻き込まれるのは懲《こ》り懲《ご》りだ。

「アルヴィン兄ちゃん、頑張ってね」

クロはアルヴィンの背中をさすりつつ話していたが、私には聞き取れなかった。

第十三章　ママ聖女は女性の味方

「表からだとどうしても貴族と鉢合わせるので、第二騎士団が使っている入り口に案内します」

レナードに案内されて、私達は裏口から城の中に入った。

裏口でもそこは別世界で、キラキラした高級品がそこかしこに置いてあった。

「みんな周りのものは触らないようにね」

「はーい」

博物館に来ているような感覚なんだろう。

子ども達は周りをキョロキョロしながら歩いている。

備品を壊しでもしたら、孤児院には弁償するお金はない。

ちゃんと注意して見ておかないと、子どもは何をするかわからないからね。

「この先に、第二騎士団が使っている訓練場があります」

大きな運動場のようなところで大人達が剣を素振りしたり、走り込んだりと様々な運動をしていた。騎士団長から指示があるまでは、各々自由に訓練しているらしい。

ただ、子ども達の素早い動きを毎日見ているため、彼らの訓練に物足りなさを感じてしまう。

「アルヴィン、戻ってきたのか？」

突然声をかけてきたのは、騎士には珍しくスラッとした体形で、綺麗にセットした短髪の男性だった。

「副団長、お久しぶりです」

どうやら彼は第二騎士団の副団長らしい。

この世界の人達は全体的に顔面偏差値が高い。

アルヴィンと副団長とレナードが並んでいると、映画の撮影かと思ってしまうほどだ。

「後ろの方がマミ先生か？」

「はい。俺が忠誠心を誓った人です」

「へー、そうか」

垂れ目で優しそうな副団長は私の方を見ると、さらに目がなくなるほどにこりと笑った。

彼には底知れない雰囲気がある。

私がどういう人間か見定めようとしているのだろう。

さっきのグシャ嬢の時にも同じことを思ったが、初対面の相手を探るような目で見る貴族のやり方は性《しょう》に合わない。やはり私には下町の方が合っているのだろう。

それは子ども達も同じなようで、副団長を見て警戒している。

「副団長、癖が出ていますよ」

「おっ、そうか。すまないね」

アルヴィンに小突かれた副団長は、私の前まで来ると手を差し出した。

素直に謝るなんて、意外と優しい人だ。

「第二騎士団副団長のアスピリンです」

「……っくく」

いけないとわかってはいるが、名前を聞いた瞬間につい笑ってしまった。

アスピリンは痛みや熱の軽減および炎症の抑制に使われる薬だ。

毒気が抜かれるようなこの男性には、案外ぴったりな名前なのかもしれない。

初対面の人の名前を聞いて笑ってしまったことに気づき、急いで頭を下げた。

「すみません。私の知っている薬の名前だったのでつい……」

「いえ、あなたが私の先祖と繋がりのある人だということがはっきりわかったので嬉しいです」

先祖と私にどういう関わりが……薬と同じ名前であることに理由があるのだろうか。

「ひょっとして、ご先祖様に聖女として召喚された方がいるんですか？」

「はい、私の先祖は元聖女のチヨコ様です」

なんと副団長は、過去に召喚された聖女の血を継ぐ人だった。

「チヨコ様は、私の祖父のお祖母様に当たる方です」

すると、四世代前に聖女がいたことになる。

どことなく他の人と比べて体が小さく、細マッチョな感じなのも、わずかに日本人の血が残っているからなのだろうか。

「ご家族はみなさん似たようなお名前なのですか？」

一番気になっていた名前について聞くことにした。

おそらくこの国では珍しい名前だと思ったからだ。

「私にはわかりませんが、代々チヨコ様が残したメモに書いてある名前をつけていますね」

「例えば？」

「父がタイレノール、叔母がアンビエン、祖父がリピトールです」

思った通りの言葉が返ってきた。

タイレノールは痛み止め、アンビエンは睡眠薬、リピトールは高コレステロールを管理する薬だ。

「チヨコ様は薬に詳しい人なのかもしれないですね」

私の言葉に騎士の三人は驚いた顔をする。

「流石ですね。チヨコ様は、召喚される前までは薬師として働いていたと聞いています」

どうやら私の考えは合っていたようだ。

アルヴィンやレナードには、珍しい名前ぐらいにしか思えないらしい。

彼とは交友を結んだ方が良さそうだ。

それに孤児院を手伝ってくれる二人の上司でもあるしね。

そう思い彼と握手しようとしたら、突然隣から手が出てきた。

「そんなに握手がしたいなら、俺とすればいい」

「へっ？」

なぜか私はアルヴィンと握手をしていた。

私から握手をしたわけではない。アルヴィンが強引に手を握ってきたのだ。

その様子を見た副団長は笑っていた。

「アルヴィンもこんなことをするようになったんだな」

「俺は昔から変わりませんよ」

いや、それはないと思う。

アルヴィンの表情は以前よりもずっと明るくなった。

何を考えているのかわかりやすくなったし、考えごとをしている時は眉間にシワができている。

無表情になった時は、頭の中で何かと戦っていることが多い。

そんな変化に副団長も気づいているのだろう。

わかっていないのは本人だけだ。

「俺達は宰相のところに行ってくるので、子ども達をよろしくお願いします」

「わかった。子どもの相手なら、体力がある騎士がいるから大丈夫だろう」

「あー、それは——」

「そうですね。騎士は体力が大事ですからね」

アルヴィンはどこか不気味な笑みを浮かべていた。

きっと子ども達の底なしの体力のことを伝えないつもりなんだろう。

アルヴィンは子ども達と遊んでいるから、大変さを知っている。

一人でも面倒を見るのが大変なのに、こんなに多くの子どもを一気に見ることができるのだろうか。

「このお兄さんが遊んでくれるって」

アルヴィンの言葉にちびっこ達は目を輝かせた。

「お兄しゃんが遊んでくれるの？」

ちびっこが抱きつきにいくと、副団長はすぐその可愛さに魅了されたようだ。

〝キューン〟という音が聞こえる気がした。

「元気いっぱいな子ばかりなので、ご迷惑をおかけすると思います」

一応そう伝えたが、副団長は一笑した。

「いえいえ。私にも子どもがいるので、また小さな子の相手ができるのは嬉しいです」

きっと副団長は子育てを奥さんと一緒にしていたのだろう。

子ども達にあまりはしゃぎ過ぎないように声をかけるが、その隣でアルヴィンも子ども達に何かを伝えていた。

きっと悪いことでも吹き込んでいるのだろう。

見たこともない怪しい表情をしていた。

「ではよろしくお願いします」

そう言い残して、私達は宰相のもとへ向かう。

隣を歩くアルヴィンは、少し嬉しそうな顔をしていた。彼も中々のいたずらっ子のようだ。

レナードが扉をノックすると、中から返事が聞こえた。

「失礼します」

一言かけてから扉を開ける。

中は事務室と応接間のようになっており、宰相と第二騎士団長が待っていた。

宰相の机には、資料がたくさん積み上げられている。

どことなく社畜感溢れる部屋だ。

「アルヴィンと先生を連れてきました」

「ああ、助かったよ」

勧《すす》められた椅子に座ると、早速話が始まった。

「今回呼んだのは、この間の事件が一段落したからだ」

書状にもそのことについて書いてあったから、特に警戒はしていない。

「簡単に言うと、ゴールドピンチ子爵は男爵に降格することになった」

思っていた通りの展開になった。不正をしていたら罰を受けるのは当然だ。

ちなみに、貴族間のパワーバランスの関係で、爵位を剥奪《はくだつ》するのは簡単ではないらしい。

「マミ先生が気にする必要はないが、ゴールドピンチ子爵家にはあの男以外後継者がいない」

「簡単に言えば、爵位を放棄するかは自分達で考えろということだ」

宰相は私の顔を見てにやりと笑う。

きっと養子をもらったとしても、貴族社会が彼らを潰す気がした。

ロジャーズ公爵家にはそれが出来るだけの力があるのだろう。

「嫡男《ちゃくなん》への処罰はまた別にある」

騎士団長によると、あの気持ち悪いゴールドピンチ元子爵家の人は、とりあえず横領の罪で数年間労働奴隷として力仕事をさせられるらしい。

薬漬けになっていた女性達の供述《きょうじゅつ》によっては、さらに罰が与えられるそうだ。

なお、ちびっこ達に対しての殺人や誘拐の罰は、国家間の問題のためまだ保留になっていた。

「それとは別に息子と先生を呼び出したのは、お願いがあったからだ」

「それは婚——」

「被害にあった女性達の治療を頼む。それと、これにサインをして欲しい」

アルヴィンが何か言おうとしたが、宰相に遮られた。

何を言うつもりだったのかわからないが、どことなく落ち込んでいる気がする。

それよりも私は、目の前にある紙に驚いていた。

そこにはこう書かれていた。

——孤児院管理責任者移行書。

そして下の方にはロジャーズ公爵の名前があった。

「これって……」

「ああ、爵位を継げないお前にピッタリだと思ってな」

アルヴィンはロジャーズ公爵家の三男だ。

長男は次期領主だし、次男はその代行としての役目がある。

三男のアルヴィンには役割がなく、才能を発揮できる場所がなかった。

宰相はそれを懸念《けねん》していたのだろう。

「願いを聞いていただき、ありがとうございます」

「えっ？」

まさか本人が願っていたことだとは思わなかった。

「まあ、色々と我慢して働いてもらったからな」

「それって……」

「マミ先生すみません。あの時すぐに助けに行けなかったのは確実に証拠を掴むためでした」

きっと私が部屋の中でバタバタ逃げ回っている時、外で待機していたのだろう。

「彼らが悪事を働いているのは知っていたのだ」

確実に捕まえられる証拠が欲しかったらしい。

ただ、これで孤児院の安全が確保されることがわかった。

「別に構わないです。これで子ども達と幸せに暮らせるんですね」

「ええ、俺と子ども達とですけどね」

アルヴィンはやけに自分を強調してくるが、言わなくてもわかっている。

そんなアルヴィンの姿を、宰相と騎士団長は笑いながら見つめていた。

「先生……いや、マミさん。孤児院と息子をどうかよろしくお願いします」

「こちらこそ、これからも色々とご迷惑をおかけすると思いますが、よろしくお願いいたします」

私に頭を下げた宰相は、どこにでもいる子を心配する父親のようだった。

それだけアルヴィンのことを大事に思っているのだろう。

優しく子思いな人だ。


「では、今から中毒者の治療を頼みたい。案内しよう」

話が終わると騎士団長に案内されて、私達は捕まっている女性達のもとへ向かった。

「彼女達はここにいる」

「わかりました」

扉を開けた先には、檻《おり》の中で項垂れている女性達がいた。

みんなぶつぶつと呟いているが、うまく聞き取れない。

「彼女達は何を言っているんですか？」

「終始何かの実を求めているようです」

「実ですか……？」

私の頭に浮かんだものは一つしかなかった。

その名前が付いた戦争があるほど有名だ。

ただ、それがこの世界に存在しているのかはわからない。

「ケシの実……？」

私の言葉に反応するように、女性達は唸り声をあげて近づいてきた。

「今すぐにちょうだい！　もう辛いのは嫌だ」

「私は幸せになりたいのよ！」

「はやく！」

檻を叩く音が響く。

目の前の光景に、私はただただ呆然とするしかなかった。

ケシの実から採取される果汁を乾燥させたものは、アヘンと呼ばれている。

看護学生の時に、なんとなく習ったことがある程度だ。

鎮痛効果があり、手術や疼痛《とうつう》を管理するため局所麻酔に使われていたが、依存性や副作用が強いため現在では使われていない。

そんな薬物をあの男は女性達に使っていたのか。

「全員あの男から側室にしてやると言われていたらしいぞ」

騎士団長の言葉に絶句した。

彼女達は嫌なことから逃げたい、幸せになりたいという気持ちが強かったのだろう。

孤児院の管理人をやったら、貴族の側室になれる。

そんな甘い言葉をかけられて、あの男に騙されたのだ。

「みなさん辛かったですね」

全員が私と同じぐらいの年齢だ。同じ時代と場所に生まれていたら、バリバリ働いていたり、お母さんになって子育てをしたりしていたのかもしれない。

こんな事件に巻き込まれることはなかったはずなのに。

考えれば考えるほど涙が溢れてくる。

「マミ先生、危な——」

「私は大丈夫です。看護師なので」

一人一人に全力で向き合える看護師になりたい。

私はそう思って仕事をしていた。

それは何もわからない異世界に来ても同じだ。

「今まで大変でしたね」

私はゆっくり女性に触れると、回復属性魔法をかける。

光が生まれ、少しずつ女性を包んでいく。

「私はただ、幸せになりたかっただけなの」

「うん」

「婚約者に裏切られ、捨てられた私にはこれしか幸せになる方法が——」

「そんなことはないですよ。あなたのことを好きになってくれる人はたくさんいます」

「いないわ！　私には利用価値がないもの」

「女性は道具ではないです。結婚や子どもを産むだけが女性の役目ではないですよ」

「なら私は何をすれば幸せになれるのよ！」

「それをゆっくり探してもいいんじゃないですか。まだまだ若い私達は長生きできます」

「そうだけど……」

「色々経験して、あんなクズで鳥肌の立つような口臭をした男を見返してやりましょう」

「……」

「ね？」

「はっ……はい」

一瞬、周囲が静かになった気がしたが、私は間違ったことを言っているつもりはない。

性別や種族関係なくみんなが幸せに、楽しく生活できるようにしたい。

それが聖女召喚に巻き込まれた私の新しい目標だ。

女性は安心したのか、その場で倒れるように眠りについた。

その顔はどこか、夢見る少女のようだった。


「これで全て終わりですね」

「マミ先生」

「あっ……アルヴィンさ……」

振り向くと、体がふわっとした。立ちくらみの感覚に似ている。

そのまま倒れるかと思ったが、アルヴィンが急いで受け止めてくれた。

「魔力の使いすぎだ」

「これが魔力の使いすぎですか……でも、まだ魔法は使えそうですね」

ゆっくり立ちあがろうとしたが、アルヴィンに押さえつけられた。

「あなたは頑張りすぎている」

アルヴィンは膝の後ろに手を回すと、私を抱き上げた。

チラッと顔を見ると、仏頂面なのに目がうるんでいた。どうやら心配をかけてしまったようだ。

体感的には徹夜《てつや》で仕事をしていた時の感じに近い。

そんな日はちょくちょくあったから、なんとも思っていなかった。

「もう今日は帰るぞ」

「えっ……」

「では俺達はこれで失礼します」

アルヴィンは私を抱きかかえたまま、宰相と騎士団長に挨拶をして、子ども達が待つ訓練場に足を向ける。レナードがその後に続き、扉を閉めた。

「アルヴィンの成長には驚い……どうしたんだ？」

「本当の聖女は先生かもしれないな。息子もあんなに懐《なつ》いているぞ」

「ははは、流石に本物の聖女の魔法を見たらそんなことは言えなくなるさ」

「聖女は浄化ができても、傷は治せないと聞いているぞ？」

「いやいや……これからできるようになるかも……」

遠くなる宰相達の声をぼんやり聞きながら、私はアルヴィンの腕に身を委《ゆだ》ねた。

第十四章　ママ聖女、不潔男に再会する

訓練場の周辺は妙に静かだった。

迷惑をかけないようにと伝えたが、流石に話し声すら聞こえないと心配になってしまう。

「みんな、帰る――」

「おい、獣人のくせにすばしっこすぎるんだよ！」

私は咄嗟に男の怒声がした方を見た。

そこでは、なぜか団服を着た騎士とクロが模擬戦をしていた。

相手は本物の槍で戦っている。

「おい、これはどういうことだ」

アルヴィンは近くにいる騎士に声をかけた。

しどろもどろ答えるその騎士は、逃げ出そうとするちびっこを押さえつけていた。

よく見ると、全てのちびっこが騎士に抱きかかえられている。子ども達は騎士の腕をバシバシと叩いて暴れていた。

明らかに子ども達の様子がおかしい。

「あいつらがしぇんしぇいのことを悪く言ったから――」

「私の悪口を言っていたの？」

私の言葉に、子ども達が一斉にこっちを見た。

それはクロも同じだった。

「敵を前にしてよそ見をするとはどういうことだ」

すると、騎士がクロに槍を突き刺した。私は思わず息を呑む。

しかし、反応は遅れたものの、どうやら避け切れたようだ。

ただ、クロの小さな腕からは血が流れている。

「アルヴィンさん、降ろしてください」

「魔力がない状態では――」

「今すぐ降ろさないと嫌いになりますよ」

私が怒っているとわかったのだろう。

アルヴィンは謝りながら、すぐに私を地面に降ろした。

「ここまでありがとうございます」

別にアルヴィンに怒っているわけではない。

ここまで運んでくれたお礼をアルヴィンに言って、私は急いでクロのもとへ駆け寄る。

今日は朝から何度イライラしたら気が済むのだろうか。

私の可愛い子どもを傷つけたやつは絶対に許さない。

しかし、クロのもとへ向かおうとすると、副団長に制された。

「待て。彼は第一騎士団の高位貴族だ」

「だからって……！」

「あーあ、つまらんな」

槍を担いだ男がぼやく。

彼は暇つぶしでクロに槍を突き刺したのだろうか。

私は、この男をどこかで見たことがある気がした。

「流石聖女の子バエと獣人――」

「あっ、不潔男だ！」

たしかこの世界に召喚された時に、私の首元に錆びた槍を向けてきたやつだ。

やっと思い出せたが、思っていたことが口から出てしまったようだ。

男は眉間をピクピクさせている。

「おい、不潔男とはどういうことだ」

「大事な槍すら管理できない人を、不潔と言って何が悪いのよ！」

クロを傷つけられたのだ。私も黙ってはいない。

子どもを傷つけて謝りもしないなんて犯罪者レベルだ。

「テメェ、言いたいことばかり言いやがって！」

「そっちこそ子どもに槍を向けるなんて恥ずかしくないの!?　謝りなさいよ！」

私が言い返すと、男は顔を赤くして黙り込んだ。

「そもそも、不潔って言われて当然でしょ！　錆びた槍に細菌が付着していて病気になったらどうするのよ！」

あまりにもイライラして、思ったことがどんどん口から溢れ出る。

すると、男も限界が来たのか、口から泡を飛ばして言い返してきた。

「俺は第一騎士団だ。王族の血が入っている貴族だ。お前らとは価値が違うんだよ！」

なるほど、どうやら彼は王の親戚らしい。

そういえば、アルヴィンとレナードならすぐに男を止めると思っていたが、二人とも争いに割って入ることもしなかった。

それだけこの国では血筋が重要になっているということだ。

私は男の言葉を無視して、クロに近寄る。

「痛くなかった？」

「大丈夫だよ。それよりもあいつはママ先生をバカにしたんだ！」

「そんなこと気にしなくていいのよ」

治療をすぐに終え、私はクロを抱きしめる。クロも安心したのか、抱き返してくれた。

あんなやつに時間を使う方がもったいない。

私はクロを抱えて立ち上がった。

「オマエエエエエ！」

「バッカアやめろ！　それ以上やると騎士でいられなくなるぞ」

副団長が止めようとするが、男はイライラしているようだ。

それにしても、バッカアとは、あの男にぴったりすぎる名前だ。

そんなことを考えていたら、私の横を何かが通り過ぎた。

少し先に目を向けると、一本の槍が地面に突き刺さっていた。

「おい、今マミ先生を狙っただろう」

ここまでやられたらアルヴィンも黙っていない。

むしろそれを狙っていたのかもしれない。

ただ暴れたいだけなら相手は誰でも良いはず。

二人はお互いに向き合って、腰につけていた剣を抜いた。

「マミ先生、大丈夫でしたか？」

レナードが近づいてきた。

彼は冷静に状況を見極めているようだ。

心配してくれる彼に頷くと、私はクロに質問する。

「それで、あいつは私についてなんて言っていたの？」

「ブサイクで使えないただのじゃがいも女って――」

「うん？　それは事実じゃない？」

橘さんと比べたら地味な女だし、聖女じゃないから使えない。

最後のじゃがいも女は何かわからないが、私ってじゃがいもに似ているのかな？

そこまで肌は凸凹《でこぼこ》していないはずだけど。

ほとんどが事実なので、怒ることでもない気がする。

「ああ、そんなことを言うやつを生きて帰すわけにはいかないですね」

さっきの言葉を取り消した方が良さそうな気がしてきた。

どうやらレナードも脳筋タイプだ。

私が止める暇もなく、剣を抜いてアルヴィン達の方に歩いていった。

アルヴィンと男が剣を打ち合う音が大きく鳴り響く。

以前見たアルヴィンとレナードの模擬戦とは別物だった。

これが命をかけた戦いなんだろうか。

「私を忘れてないか？」

レナードがそう呟くと、周囲の空気が急に冷たくなった。

そうめんを冷やした時とは全く違う氷属性魔法に、全身が震えてくる。

なんとなく、それは人間にぶつけてはいけないもののような気がした。

「レナードさん、ストップ！」

「凍りつけ」

瞬間、戦っている二人の足元が凍り始めた。

その勢いはどんどん増していき、不潔男の足が凍っていく。

幸いアルヴィンは気づいた途端、大きく下がった。

「うおー！」

一方、男は足が地面と一体になって凍りつき動けないようだ。

いけない、凍傷になる危険がある。

「レナードさん、すぐに魔法を解除して！」

私の声にはっとして、レナードは魔法を解除する。

すると氷の勢いは止まったが、男は苦しみ出した。

急激に凍結が止まって痛みが増したのだろう。

「アルヴィンさん、すぐに彼を押さえつけて！　ただし足は触らないでください」

「えっ……」

「いいから早く！」

アルヴィンは私に言われた通りに動いたが、レナードは立ち尽くしたままだ。

私が何も考えずに温度のことについて教えたのがダメだった。

命を奪う可能性があることを伝えていなかった。

「ぬるま湯を出して足全体を覆ってください」

凍傷は三つの状態に分けて評価される。

Ⅰ度は皮膚のみ赤くなったり、腫《は》れたりする。

Ⅱ度は皮膚の奥深くまで損傷し、水ぶくれができる。

Ⅲ度になれば脂肪、筋肉、骨に障害が出てきて、皮膚が壊死《えし》する。

万が一凍傷によって組織が壊死した場合、切断する必要も出てきてしまう。

「おい、じゃがいも女、何するつもりだ！」

「うるさいから黙っててください。凍傷を甘く見ると足を切り落とすことになりますよ」

耳障《みみざわ》りなことを言っているバッカアに状況を大袈裟に伝えると、途端に静かになった。

私は少しずつ体を温めて皮膚の状態を確認する。

「んー」

「おい、俺は足を切らないとダメなのか？」

男からは、さっきまでの威圧感はなくなった。まるで怯える大型犬のようだ。

足は水ぶくれが少しできている程度で、大きな怪我には繋がらなかった。

血流も戻ってきて、少しずつ皮膚の色味も良くなっていることを確認し、私は彼の足に向かって回復属性魔法を使った。

耳鳴りと頭痛を感じるが、そんなことを気にしている余裕はない。

この程度なら、血小板の活性と、感染予防のために免疫力を高めれば良いだろう。

今は目の前の人を治療するのが、看護師としての私の役目だ。

「マミ先生、それ以上魔法を使うと」

「これで大丈……」

魔法をかけていると、視界がぼやけていく。

アルヴィンの注意も虚しく、急に視界がブラックアウトして私はその場で意識を失った。

◇

突然倒れたマミ先生を抱き止める。

さっきまで女性達に回復属性魔法をかけていたのに、この男にも魔法をかけたら倒れることはわかっていたはずだ。

自分のことを犠牲にしてまで他人を助けようとする姿に、俺は胸が苦しくなる。

「おい、どういうことだ？　もう大丈夫なのか？」

「マミ先生はさっきまで他のやつを治療してたんだよ！」

魔力が枯渇《こかつ》すれば次第に風邪のような症状が出てきて、様々な障害が起こる。

これ以上魔力を消費しないように、防衛反応として意識が落ちたのだろう。

魔力がなくなれば、最悪命を落とす危険もある。

それなのに、マミ先生はどんな相手でも気にせずに治療してしまう。

俺があの時ちゃんと止めなかったのがいけなかった。

また、俺は騎士としてマミ先生を守れなかったのだ。

「俺のために命までかけて……」

「勘違いするなよ！」

俺はバッカアの頭を一発殴る。

一発で済ませたのは、せっかくマミ先生が治療したこの男を傷つけてはいけないと思ったからだ。

ちょうど騒ぎを聞きつけたのか、父と騎士団長が訓練場まで来ていた。

「マミ先生を寝かせる場所の提供をお願いします」

「魔力の枯渇か。今すぐに我が家に運べ。子ども達も全員来るように伝えろ」

「ありがとうございます」

父に礼を伝えると、クロが心配そうに俺のズボンを引っ張っていた。

「ママ先生、大丈夫なの？」

「ああ、今は疲れて寝ているだけだ。今から俺の家に来ることになったから、みんなを集めてきてくれ。今日はみんなでお泊まり大会だ」

心配しないように優しく声をかけると、クロは嬉しそうな顔をしていた。

子どもには伝えない方が良いだろう。

意識を失うまで魔力を使ったせいで、命を失う一歩手前まできていることなど――

◇

私は気づいたら小さなお墓の前に立っていた。

一度だけ見たことのあるお墓に、静かに手を合わせる。

「よく来たわね」

懐かしい声に、ゆっくりと目を開けた。

「やっぱりお母さんに会えたね」

「こっちにおいで」

私はゆっくり母に近づく。

「本当に大きくなったわね」

母は私の頭を優しく撫でる。

力が入らない母は、いつも触れているかどうかわからないぐらいの強さで私の頭を撫でていた。

それでも、大好きな母に撫でられて心地好かったのを今でも覚えている。

私がよく子ども達を撫でているのも、母との思い出が関係しているのだろう。

あれ？

私って子どもを産んでいたっけ？

いや、そんなはずはない。

「大人になっても甘えん坊さんね」

「だってお母さんが亡くなったから……」

私は自分で言って気づいてしまった。

これは、亡くなった母の遺骨を収めた墓だということに。

目の前にいるのは、私が作り出した夢の中の人物だということに――

「そんな悲しい顔をしないの」

母は慰《なぐさ》めようとするが、頬に力が入らないのだろう。口角が下がってうまく笑えていない。

それでも目は細くなり、笑っているように見える。

いつも母が私に見せる笑みだった。

「ねぇ、お母さん聞いて」

「なーに？」

私には母に会えたら伝えたいことがあった。

「私ね、ちゃんと夢を叶えて看護師になったんだよ」

母が亡くなってから、さらに看護師になりたいという気持ちが強くなった。

辛い実習を乗り越えて、理不尽な文句にも耐えてきた。

「でもね……本当はお母さんを助けたかったんだよ」

だが、私が看護師になった時には母はもうこの世にはいなくなっていた。

母に何もできなかったことをずっと後悔していた。

「今ならオムツの交換もお風呂の介助も！　点滴や吸引、呼吸器の管理もできるよ」

看護師になっても、母のお墓参りにはなぜか行けなかった。

どこかで、今頃できるようになっても遅いと思っていたのだろう。

母に報告することもできずに、気づいたら異世界に来ていた。

それが私の中で心残りになっていた。

「えらいわね。流石私の娘よ」

母の顔を見ると、涙が止めどなく流れてくる。

私はずっとこの言葉を言ってもらいたかったのだろう。

これで、私の中であっちの世界でやり残したことが全て終わった気がした。

「大切な人達があなたを待っているわ」

「うん」

「まだこっちに来たらダメよ。思いっきり楽しんできてから、たくさん話を聞かせてね」

そう言った母の体が、光を放つ。

あまりの眩しさに目を閉じた。

「お母さん！　また私の看護師の話を聞いてね！」

「ええ、頑張って行ってらっしゃい」

かすかに母に背中を押されたような気がした。


「うっ……」

「先生！」

「ママ先生！」

「しぇんしぇい！」

必死に呼びかけてくる声が、だんだんと大きくなる。

瞼を閉じたままでも、それが誰なのかはすぐにわかる。

「病院では静かにしてね」

病院には他の人も入院しているため、あまりうるさくしてはいけない。

私の口から一番初めに出てきたのはその言葉だった。

周囲はいきなり静かになったが、それでも必死に手を握ったりと、心配しているのが伝わってくる。

ゆっくりと目を開けると、そこには心配そうに顔を覗き込んでいたアルヴィンと子ども達がいた。

やんちゃなちびっこ達のまとめ役であるトトが、珍しく鼻水を垂らして泣いていた。

「マミ先生、俺がわかるか？」

「アルヴィンさんですよね」

「オレは？」

「クロだね」

「オイラは？」

「トトだね」

「キキは？」

「キキだね」

「ハムは？」

「ぷっ、二人とも名前を言っているよ」

一人一人の名前を確認しないと気が済まないようだ。

全員が目を真っ赤にして、ぐちゃぐちゃな顔で私を見ていた。

ああ、私の大切な人がここにはたくさんいる。

母に会ってみんなが大切な存在だと改めて感じた。

アルヴィンに話を聞くと、私は一週間ほど眠ったまま目を覚まさなかったらしい。

どうやらみんなに迷惑をかけたようだ。

病室だと思っていた部屋はよく見たら、高級ホテルのような作りをしている。

「ここは？」

「ロジャーズ公爵家が所有する、王都にある屋敷です」

流石公爵家のベッドだ。

孤児院のものとは違って、マットレスもふかふかしている。

「先生は目を覚ましたか？」

声がする方に目を向けると、アルヴィンの父である宰相が立っていた。

「あっ、ご迷惑を――」

急いで体を起こそうとしたが、力を入れようとしても入れられない。

「こちらこそ無理をさせてしまったな。今は魔力が枯渇している状態だから、しばらく安静にしていると良い」

初めて起きた出来事に、ただただ戸惑うばかり。

そんな私を見て、アルヴィンが説明をしてくれた。

「マミ先生が女性達を助けた時には、ほとんど魔力がなくなっていた。それなのに無理してクロとあいつを治療したから倒れたんだ」

クロの治療をしている間はまだ問題はなかった。

ただ、不潔騎士を助けた時に、若干《じゃっかん》頭痛がしたのは気づいていた。

人それぞれ魔力枯渇時の初期症状が違うため、覚えておいた方が良いと宰相に言われた。

きっと私は倦怠感《けんたいかん》の後に頭痛がして、意識を失うのだろう。

限界まで魔力を使うと、今回のように何日も寝込んでしまうし、そのまま意識が戻って来ない場合もあるらしい。

そのことを考えると、みんなが心配していた気持ちが痛いほど理解できた。

元の世界に魔力というものがないため、危険性を軽視していた。

ただ、前よりも、体の中にある不思議な感覚がはっきりしてきた気がする。

私もやっとこの世界に馴染んできたのだろうか。

「しばらくは休んでくれ。食事は明日から準備してもらおう」

そう言ってアルヴィンは部屋から出ていった。

それを見届け、私は朝までもう一眠りすることにした。


月の光が私の顔を照らす。

目を開けると、そこには綺麗な髪を下ろした女性がいた。

誰かに似ている気がするが、誰だろうか。

「マミ先生、私が魔法を制御できずに――」

「その声は、レナードさんですか？」

「ええ、レナードです」

目の前にいる人はどこから見ても女性にしか見えない。

レナードは凛としたカッコイイ男性だったはず。

「レナードさんって、女性だったんですか？」

「えっ？　みんな女性だと気づいていましたよ」

「えええええ⁉」

どうやらレナードを女性だと知らなかったのは私だけだったようだ。

女性に比べて低い声。

高い身長とスラッとしたスタイル。

胸が隠れていたため、気づかなかったのだろう。

あれ？　このことをキキも知っているのだろうか。

彼女は王子様であるレナードに恋心を抱いていた。

いや、キキは賢いから気づいていたんだろう。

「ふふふ、やっぱりマミ先生は変わらないですね」

「えっ、何がですか？」

私は今キキのことで頭がいっぱいだった。

「普通なら責めるはずですよ」

「責める？　レナードさんが私を……あっ、私が男性と間違えていたことに関してですか？」

「いや、そうではなく、逆で――」

「本当にすみませんでした。ついでに白状するんですが……実はアルヴィンさんとレナードさんがお似合いだったので、応援しないといけないって思ってたんですよ。男性同士だから少し障害があるのかなって勝手に思っていたんですが、余計なお世話ですよね」

「えっ……」

私はみんなが幸せになれるなら、それを支えたいのだ。

ただ、アルヴィンとレナードの恋愛を全力で応援できるかと言われたら、考えてしまう。

……それが何故なのかは、まだわからないけれど。

「それは絶対ないです。私がアルヴィンのことを好きになるはずがないです」

レナードは全力で否定し始めた。

そこまで言われると、アルヴィンが可哀想に思えてくる。

「アルヴィンさんはとても良い人ですよ。見た目もかっこいいですし、どこか子どもっぽいところも彼の魅力だと思います。不器用だけど根は優しいですし、彼のことを嫌いって言う人はいないと思いますよ」

アルヴィンの良いところを上げたらキリがないだろう。

もちろん子ども達やレナードの良いところもたくさん言える。

「俺のことをそんな風に思っていたのか」

「えっ……」

声がする方に目を向けると、嬉しそうに照れているアルヴィンが立っていた。

「アルヴィンさん、いつからいたんですか？」

「あー、レナードが女性だと気づいた時からだな」

結構前から私達の話を聞いていたらしい。

アルヴィンは口元を隠してこっちを見ているが、目だけでもニヤニヤしているのがわかる。

「ちょっと聞き取りにくかったから、もう一度言ってくれ」

同じことをもう一度言えというのか。

流石に本人を前にして言うのは恥ずかしい。

子ども相手ならいくらでも言えるが、相手はイケメンな成人男性だ。

そんな私の気持ちを読み取ったのか、レナードが私とアルヴィンの間に入る。

「女性の寝室に勝手に入るとはどういうことかな？」

「なっ!?　俺はただマミ先生の様子を見に来た――」

「この時間は私が見守ると話したよね？」

アルヴィンとレナードは交代で私の状態観察をしていたようだ。

昼間にアルヴィンがいたから、夜はレナードの番だったのだろう。

「ただ心配なだけで――」

「ひょっとして襲うつもりじゃ」

「俺はレナードとは違う！」

ん？

レナードとは違う？

「私は女同士だからいいんだ」

あれれ？

なんか思っていたのと違う展開になってきたぞ。

「アルヴィンさんとレナードさんってお互いに愛し合って――」

「それはない！」

「絶対無理です！」

ここまで否定するのなら、二人が付き合っているってことはなさそうだ。

これは、キキにもチャンスがあるかもしれない。大事な我が子だから、大人になるまでは色々と我慢をしてもらわないといけないが、私はキキを応援したい。

そんなことを考えていると、レナードは近づいてきた。

「私はマミ先生に忠誠を誓います。どうか私をあなたの側に置いてください」

これはアルヴィンと同様、孤児院で働きたいってことだろうか。

「レナードさんもですか？　孤児院に護衛が二人いると助かりますが、お給料は今のところ出せないですよ？」

アルヴィンにもまだ給料は出せていないし、それどころか私は彼に頼りきりになっている。

そんな私のもとに、騎士が二人もいて良いのだろうか。

「くくっ、やはりマミ先生はマミ先生だな」

「そうだね。最大の敵はアルヴィンじゃなくて鈍感なところだったか」

「えっ？　何か間違ってましたか？」

二人はなぜか呆れた顔をしていた。

私だけ置いていかれているような気がする。

「なんか考えすぎて疲れました。私は寝ますね」

頭を使った影響か、頭痛がしてきた。

私はそのまま掛け布団に包まって寝ることにした。

「レナードさんの言葉ってプロポーズみたいだったな……」

騎士って恥ずかしいことをスラスラと言う職業なんだろうか。

子ども達にも騎士に騙されないように教えた方が良さそうだ。

布団に包まりながら私はそう思った。


「ママ先生朝だよ！」

「しぇんしぇい起きて！」

子ども達の声で私は目を覚ました。

だが、体を動かそうとしても動かない。正確に言えば手が動かないのだ。

「あっ、アルにいとレナねえが一緒に寝てるよ！」

それは大問題だ。

昨日のレナードは、同性の私から見ても魅力的な女性だった。

そのレナードとアルヴィンが一緒に寝ているというのは教育上悪い。

あんなことを言っておいて、大人の関係だったとは――

手元を見ると、アルヴィンとレナードが片方ずつ、私の手を握っていた。

あっ……

私の勘違いだった。

これのせいで手が動かせなかったのだろう。

「オイラ達は毎日我慢してたのに、せこいぞ！」

「オレも一緒に寝る！」

「キキも！」

それを見て嫉妬《しっと》した子ども達が、次々とベッドの上に乗ってくる。

あっという間に、獣人ちびっこ達がベッドの上に山盛りに乗ってきて、眠ってしまった。

きっと端から見たら、ちびっこ丼のようになっているだろう。

二度寝することもできず、私はベッドの上で困り果てた。

――トントン！

「ははは、みんなここで寝ていたのか」

扉をノックして入ってきたのは宰相だった。

「おはようございます」

子ども達に埋もれている私を見て、彼は笑っていた。

いや、私を見ているというよりは、床に座ってベッドに顔を置いているアルヴィンを見ているのだろう。

時折アルヴィンに見せる宰相の表情は、私の父にそっくりだ。

「すみません。ここから抜け出すのを手伝ってもらってもいいですか？」

何度か試したが、子ども達の寝相が悪いため動ける気がしない。

時折顔を蹴られるが、子ども達の幸せそうな寝顔を見ると、ついニヤけて許してしまう。

ただ、アルヴィンに頭突きをされた時は怒ってしまった。

このままベッドの上にいたら、私の体がボロボロになりそうだ。

子ども達を少しずつずらしてもらい、隙間から抜け出す。

「手伝っていただきありがとうございます」

ボサボサな髪をすぐに直して、宰相にお礼を告げる。

彼も子ども達に蹴られたのか、疲れた雰囲気だったものの、終始笑顔だった。

それにしても、何か用があって来たのではないのだろうか？

「アルヴィンさんを起こしましょうか？」

「いや、先生に話があったんだ」

どうやら私に話があって来てくれたようだ。

子ども達を起こしたくなかったので、別の部屋に移動することにした。

公爵家の別荘のような屋敷だとは聞いていたが、想像していたよりも数十倍も大きいことに驚いた。

部屋に通された私はソファーに腰掛ける。

しばらくすると、宰相はテーブルにある物を置いた。

「これは……？」

「女性達を治療してもらった分の報酬だ」

袋の中を見て驚いた。

私はただ目の前にいる人の治療をしただけだ。

「こんなにもらえないです」

孤児院のみんなで使っても、半年は余裕で暮らせるほどの金貨が入っていたのだ。

「これはゴールドピンチ子爵家に出させたものなので、気にしないでくれ」

ニコニコしている宰相を恐ろしく感じた私は、大人しく金貨の袋を受け取り、話題を変える。

「そういえば、女性達はどうなりましたか？」

「彼女達は、我々貴族が管理する施設に収容されることになったよ」

女性達は元気に生活しているらしい。

ゴールドピンチ子爵家に騙されたことが考慮され、貴族が管理する施設で働いている。

彼女達がそれぞれの人生に復帰できる道があるのなら、そこで頑張ってもらいたい。

正直子ども達を傷つけたことは許せないが、そこを責めても仕方がない。

そもそも誰が暴力を振るっていたのかも確認できていない。

ただ、幼少期の精神的な傷は大人になっても残る。少しでもそうならないように配慮したい。

宰相には、その女性達が子ども達と遭遇しないようにすると約束してもらった。

「ママ先生ー！」

「しぇんしぇいー！」

廊下から子ども達の呼ぶ声が聞こえてきた。

きっと私を捜しているのだろう。

泣きそうな声になっているため、早く行かないと大泣きするかもしれない。

「食事の準備ができたので、あとで部屋に持っていくよう伝えておくよ」

「ありがとうございます」

きっと宰相も子ども達の寂しそうな声に気づいたのだろう。

部屋から出ると、そこにはアルヴィンがいた。

「まだ起きたらダメだろ！」

アルヴィンに見つかった私はすぐに抱きかかえられた。

お姫様抱っこで運ぶのはやめてもらいたい。

子ども達が見ているので、私は顔を隠してベッドまで運んでもらった。


「ママ先生にはオレがご飯をあげるもん！」

「嫌だ、オイラがやる！」

「そこは大人の俺が――」

「ここは子ども達でお願いします！」

誰が私にご飯を食べさせるか言い合いになっている。

早速、食事が届くと子ども達が準備を始めた。

手際が良い子ども達を見ていると、クロが私の頬を両手で包んで向きを変える。

「ママ先生、今はオレに集中してよ」

他の子達を見ていたのが嫌だったのだろうか。

クロは何かあるたびに甘えん坊になっている気がする。

きっと彼は大きくなったらモテモテになるだろう。

まさか、我が子が一番かっこいいと思う母親の気持ちを理解する時が来るとは思わなかった。

クロはスプーンでスープを掬うと、ゆっくり私の口に流し入れる。

「美味しい？」

「うん。ありがとう！」

クロの頭を撫でると嬉しそうにしていた。

私の手は子どもの頭を撫でられるぐらい問題なく動いているのに、自分では食べさせてくれないようだ。

「次はオイラの番！」

クロはスプーンと皿をトトに渡す。

全員がやり終えるまで繰り返すのだろうか。

私は子ども達のためにも病人を演じるしかなかった。

「俺もやりたかったな……」

アルヴィンがぼやいていたが、私には何のことかわからなかった。

終章　ママ聖女、今日も賑やかな孤児院で暮らす

「ただいまー！」

その日のうちに私達は荷物をまとめて孤児院に帰ってきた。

あまりお邪魔してはいけないし、慣れた家の方が私も子ども達も生活しやすいと思ったからだ。

一部屋が教室ぐらいの大きさの屋敷だと、どこにいたらいいのか迷ってしまう。

気がついたら部屋の隅で体育座りをして、子ども達を見ていた。

やはり庶民の私には普通の暮らしが一番合っている。

「ママさんはいる？」

「あっ、ここにいますよ！」

声が聞こえたので玄関に行くと、たくさんの野菜を抱えた野菜屋の女性がいた。

「ママさん、大丈夫？　倒れたって聞いたけど、懐妊でもしたの？」

「懐妊!?」

どういう理由で懐妊したという話に行き着いたのだろう。

この世界の女性は妊娠したら倒れるのだろうか。

「ひょっとして、ここでは妊娠した後に貧血になる人が多いんですか？」

「貧血？」

「めまいや頭痛がしたり、疲れやすくてイライラしたりしませんか？」

「あー、妊婦はみんななっているよ」

貧血は血液中のヘモグロビンが少なくなって起こる現象だ。

妊婦はヘモグロビンの生成に関わる鉄分を赤ちゃんに吸収されてしまう。

大体妊婦の四人に一人は貧血に悩まされると言われるぐらいだ。

「もしお腹に赤ちゃんがいる方がいたら、ほうれん草とかトマトを食べると良いって伝えてくださいね」

孤児院へお手伝いに来てくれる人で妊婦は見たことがないが、念のため伝えておこう。

「流石ママ聖女様」

「ママ聖女様？」

「ははは、気にしないで！　みんなあなたのことが好きなのよ」

詳しくは聞けないまま、彼女は笑って帰っていった。

山盛りに置いていった野菜を見ると、それだけ私を心配してくれたのだとわかる。

子ども達を呼んで野菜を台所に運んでいると、また玄関から声がした。

「あっ、マミさん！」

「お久しぶりです！」

今度はパン屋の奥さんがやってきた。

彼女は大量のパンを持っている。

「あっ、懐妊ではないですよ」

「えっ、そうなのね！　てっきり子どもができたのかと思ってたわ」

やはり私が妊娠したと思っていたようだ。

そもそも私には子どもを作るパートナーはいない。

この世界にはシングルマザーが多いのだろうか。

「あら、みなさん集まっているのね」

その後も次から次へと、知っている人達が食べ物を持ってきた。

ほとんどの人は私が妊娠したと思っていたようだ。

「マミさんは結婚を考えてないんですか？」

突然の質問に、どうやって返すべきかと悩んでしまう。

「私にはそんな相手はいないですし、今は子ども達が一番なので結婚は考えてないですね」

私の言葉にみんな驚いた表情をしているが、実際男の人と出会う機会はないし、デートする時間もない。ここで会うのはアルヴィンやレナード、子ども達だけだ。

「いつか私もみなさんみたいに幸せな結婚ができたらいいですね。その前に、食べ物が腐らないように片付けてきます」

あまり深く話をするとまずい気がして、その場から逃げた。

「なんかここまでくるとアルヴィンが可哀想ね」

「私達でどうにかできないかしら」

「当の本人のアピールが少ないのもあるわ」

「誰が見てもお似合いの二人だから、こっちがムズムズするわね」

「わかります！」

後ろからひそひそ声が聞こえるが、私には何のことかわからなかった。


夕方が近づき、私は台所で夕飯の準備に取り掛かる。

「せっかくお肉をもらったから、ハンバーグにしようかな」

「ハンバーグ？」

今日も隣でハムが私の手伝いをしてくれる。

最近は自主的に動くことも増え、知らない間に使った食器を洗ってくれる優秀な助手だ。

きっとハムは結婚したら家庭的な男性になるだろう。

「お肉を細かくして焼く料理だよ！」

「それは美味しい？」

「んー、私は結構好きな料理かな？」

「先生が美味しいって言うなら、美味しいね」

なぜか料理に関しては私に絶対的な信頼を置いている。

今回は卵もパン粉も使わない予定だ。

コロッケの時にパン粉を作ったが、正直地味な作業だしめんどくさい。

子ども達は久しぶりに帰ってきたのに、手伝ってもらうのは申し訳ないと思った。

「よいちょ……よいちょ……」

玉ねぎを細かくみじん切りにしている間に、ハムは隣の部屋から椅子を運んできた。

「先生、くちゃいよ」

それは私に言っているのだろうか。

いや、きっとみじん切りにしている玉ねぎに言っている。

「あんまり近くに来ない方がいいよ」

私から離れるように伝えると、ションボリしていた。

でも火を使わせるのは危ないし、包丁で玉ねぎや挽肉を用意してもらうのは怖くて任せられない。

「ごめんね」

言いながら、玉ねぎを切っているせいで涙が出てしまった。

「先生ごめんね。ハムが悪い子だから」

「ん？　ハムは良い子だよ」

「だって泣いて……あーしぇんしぇーい、目が痛いよー」

もう悲しくて泣いているのか、玉ねぎのせいで泣いているのかわからない。

頬がふるふると震えているところを見ると、申し訳ないと思うより可愛いという気持ちが先に出てしまう。

「あっ、レナねえだ」

泣きやんだ後、椅子を持って遠くに移動したハムが、こちらに近づいてくるレナードを見つけたらしい。今日は団服ではなく普段着を着ているが、何かあったのだろうか。

「ハムちゃんはまだ子どもだから、私が代わりに手伝いますよ」

どうやら手伝いに来てくれたようだ。

火加減は私が見るので、みじん切りをレナードに任せることにした。

「玉ねぎは目に染みるので――」

「マミしぇんしぇい……なんですかこれは!?」

言う前にレナードは玉ねぎの硫化アリルにやられたようだ。

ハムには近づかないように言ったが、レナードに言うのを忘れていた。

「玉ねぎの成分で涙が出てくるので、素早く作業をした方が良いですよ」

「わかりました」

そう言うなり、レナードは玉ねぎを空中に投げた。

「えっ……」

「はああ！」

レナードは包丁を持って空を切るように素早く手を動かす。

――ドン！

玉ねぎは全く切れず、音を立てて机に落ちた。そこは漫画みたいにはいかないようだ。

むしろ空中で玉ねぎが切れると思ったことに驚く。

「ひょっとしてレナードさんも料理をしたことがないんですか？」

「えっ……まあ、これでも一応貴族出身なので」

どうやらレナードもアルヴィンと同じと考えた方が良さそうだ。

私はレナードの後ろにまわり、そっとレナードの手の上から包丁を握る。

レナードは私よりも大きいため、腕の隙間から顔を出すしかない。

「包丁はしっかり持って、反対の手は猫さんにしないといけないですよ」

包丁の使い方を一から説明する。

レナードは包丁の使い方に戸惑いながら、少しずつみじん切りをした。

「なんで猫さんの手にするんですか？」

「指を伸ばして支えていると、先を切っちゃうかもしれないですからね」

目の前で指を握って猫のポーズをする。

「にゃーですか」

「くくく、レナードさんも猫になってますよ」

きっと〝こうですか〟と聞きたかったのだろう。

その後も必死に玉ねぎと戦うレナードはどこか子どものようで可愛らしかった。

「ひき肉はこれで良いですか？」

次にお肉を細かく切り刻み、ひき肉にしてもらう作業をレナードに任せた。

普段の剣捌《けんさば》きが影響するのかしないのか、ひき肉を作っている時の包丁捌きも速い。

「大丈夫ですよ」

「また、ひき肉を作る時は呼んでくださいね」

玉ねぎの時よりは簡単な作業でやりやすかったのだろう。

上手くできたことに、彼女は嬉しそうな顔をしていた。

以前は凛とした男性だと思っていたが、こうしてみると可愛らしいところもある女性だ。

私はまだまだレナードのことを知らないようだ。

「ハム出番だよ！」

「やっとハムの登場！」

ハムは椅子の上で正座をして待っていた。

ひき肉が入った器に炒めた玉ねぎを入れて、味付けをしたらハムの出番だ。

コロッケを作った経験から、楕円形に整えるのは慣れている。

「ハンバーグはこうやって空気を抜かないとダメだよ」

両手で空気を抜くようにハンバーグのたねをキャッチボールして完成だ。

その工程を見ていたハムも同じように作ってくれて、次々と皿の上に山ができる。

私はハムが作るのと並行して、ハンバーグを焼くことにした。

つなぎのパン粉を使わないため、ステーキのような見た目をしている。

「お皿を――」

「私が持ってますよ」

レナードはお皿を持って待機していた。

出来たばかりのハンバーグを載せると、キラキラした目で見ている。

「ハンバーグって食べたことないですか？」

「これほど手が込んだ肉料理を食べることはないですね」

どうやら貴族の食事でも、肉料理は焼いてあるだけのものが多いらしい。

薬師の聖女がいたぐらいだから、ハンバーグも存在していると思ったのだが。

その辺は歴史書なんかに載っていないか調べた方が良さそうだ。

最後にハンバーグを焼いた鍋に、手作りトマトケチャップを入れて水分を飛ばしたらソースの完成だ。

「ジャーン、ハンバーグの完成です」

たくさん出来たハンバーグを急いでテーブルに持っていく。

子ども達とアルヴィンも遊び終わったようで、運ぶのを手伝ってくれる。

「オイーブオイルが美味しかったので、これも楽しみです」

久しぶりに食べる私の料理をレナードは楽しみにしていた。

彼女は昼にしか来ないため、簡単な食事やそうめんぐらいしか食べたことがない。

それにしても、今日は夜に来るとは珍しい。

「それじゃあ、手を合わせて」

「合わせました」

「あわしぇた」

「いただきます！」

「いたきましゅ！」

子ども達は一斉にハンバーグにかぶりつく。

フォークを刺した瞬間に肉汁が飛び出す。

子ども達を見ると、服が肉汁でベタベタになっていたが、それでも初めて食べるハンバーグに目を輝かせていた。

「うっま！」

「うまうま！」

「うみゃあああい！」

同じタイミングで話すため、みんな何を言っているかわからない。

ただ、美味しいと思ってくれているのは理解できた。

子どもって柔らかくて食べやすいハンバーグが好きだもんね。

「これから毎日マミ先生の料理を食べられると思ったら楽しみです」

毎日……？

レナードさんは何を言っているのだろう。

ここで働くとは聞いていたが、本当に毎日来るつもりなんだろうか。

「レナードさんは毎日ここに来るんですか？」

「いえ、私もここに住むことになりましたよ？」

ん？

それは聞いていない。

レナードの隣にいるアルヴィンは嫌そうな顔をしていたので、事前に知っていたのだろう。

「この度第二騎士団からマミ先生の護衛として派遣されることになりました」

胸の前で拳を作りレナードは敬礼する。

その姿は凛としていて、薔薇の花のように見える。

「えーっと、それはアルヴィンさんとどう違うんですか？」

「アルヴィンは騎士を辞め、自主的に護衛をしていますが、私の場合は宰相と騎士団長の命令なのでお給料が出るんです」

「私がお給料を出さなくて良いんですね」

私としては嬉しい話だ。

大人の手が増えるのは助かる。

毎日近所のママが手伝ってくれるわけではない。

きっとレナードも良いお姉ちゃんのようになってくれるだろう。

「それでわざわざ寮に戻るのも大変なので、孤児院に住むという話になりました」

「寝るところあったかな……」

「キキと一緒に寝ようよー！」

キキはレナードの手を握って離そうとしない。

うん。

レナードにはキキに手を出さないようにしっかり説明しなければ。

「これからもよろしくお願いします」

「こちらこそ、ママ先生の隣でお守りできることを嬉しく思って――」

「一番の騎士は俺だからな」

「ふん、すぐに頭に血が上るアルヴィンにママ先生が守れるのかな？」

「お前だってあの時迷惑かけただろう」

本当にこの二人は仲が良いのか、悪いのかわからない。

食事中に喧嘩するなんて……昨日目を覚ましたばかりで疲れているのに、注意しなきゃいけないのだろうか。

「二人とも静かにしないとママ先生に嫌われるよ」

それに気づいたクロの一声で、アルヴィンとレナードは静かになった。

流石孤児院のリーダーをやっているだけある。

大きなお兄ちゃんとお姉ちゃんの扱い方もお手のものだ。

「それに、ママ先生の一番の騎士はオレだからね」

いや、クロも負けず嫌いだった。

「なっ⁉　そこは男の約束で――」

「そんなの関係ないからね」

「むむむ」

どうやら今日の孤児院も賑やかなようだ。

Re:Monster
リ・モンスター
1〜9・外伝
8.5
暗黒大陸編1〜4
金斬児狐
Kanekiru Kogitsune
170万部
シリーズ累計
(電子含む)
突破!
2024年4月4日〜
TVアニメ
放送開始!!
(TOKYO MX、BS11ほか)
ネットで話題沸騰!
怪物転生
ファンタジー
最弱ゴブリンの下克上物語 大好評発売中!
【小説】
1〜9巻/外伝/8・5巻
◉各定価:1320円(10%税込)
◉illustration:ヤマーダ
新章
【小説】
1〜4巻(以下続刊)
◉各定価:1320円(10%税込)
◉illustration:NAJI柳田
コミカライズも大好評!
【漫画】
1〜11巻(以下続刊)
◉各定価:748円(10%税込)
◉漫画:小早川ハルヨシ

風波しのぎ
Kazanami Shinogi
シリーズ累計
270万部!
(電子含む)
THE NEW GATE
ザ・ニュー・ゲート
01~22
TVアニメ
2024年4月13日より放送開始!
(TOKYO MX・MBS・BS11ほか)

風波しのぎ
THE NEW GATE
ザ・ニュー・ゲート
01 終わりと始まり
絶対覇者
バトル

原作 風波しのぎ 漫画 三輪ヨシユキ
THE NEW GATE
ザ・ニュー・ゲート
1
デスゲームから500年後のゲーム異世界へ
絶対覇者降臨
新たなる無双伝説開幕!!
シリーズ累計15万部!
大人気ファンタジー待望のコミカライズ!

HIROAKI NAGASHIMA
永島ひろあき
さようなら竜生、こんにちは人生 1~24
GOOD BYE, DRAGON LIFE
シリーズ累計
100万部!
(電子含む)
ネットで話題!
2024年
TVアニメ化
決定!
コミックス
1~12巻
好評発売中!
最強最古の神竜は、辺境の村人ドランとして生まれ変わった。質素だが温かい辺境生活を送るうちに、彼の心は喜びで満たされていく。そんなある日、付近の森に、屈強な魔界の軍勢が現れた。故郷の村を守るため、ドランはついに秘めたる竜種の魔力を解放する!
1~24巻 好評発売中!
ネットで話題!
最強竜が人に転生!
「ふむ、村人生活も悪くないな」
最強竜が人に転生!
「村人生活も悪くない」
20万部!
待望のコミカライズ!!
各定価:1320円(10%税込) illustration:市丸きすけ
漫画:くろの B6判
各定価:748円(10%税込)

月が導く異世界道中
Tsukiga Michibiku Isekai Dochu
あずみ圭
Azumi Kei
1~19
8.5
シリーズ累計360万部の超人気作!(電子含む)
TVアニメ第2期
2024年1月8日から
2クール
放送開始!
TOKYO MX・MBS・BS日テレほか
月が導く異世界道中
あずみ圭
薄幸系男子の成り上がりファンタジー、開幕!
なんでだろう親の都合で異世界へ
待望の書籍化!
読者賞受賞作!
異世界へと召喚された平凡な高校生、深澄真。彼は女神に「顔が不細工」と罵られ、問答無用で最果ての荒野に飛ばされてしまう。人の温もりを求めて彷徨う真だが、仲間になった美女達は、元竜と元蜘蛛!?　とことん不運、されどチートな真の異世界珍道中が始まった!
2期までに
原作シリーズもチェック!
●各定価：1320円（10%税込）
●illustration：マツモトミツアキ
1~19巻好評発売中!!
月が導く異世界道中
1
あずみ圭
木野コトラ
とことん不運、されどチート!!
漫画：木野コトラ
●各定価：748円（10%税込）●B6判
コミックス1~13巻好評発売中!!

気が付くと異世界の森の中に獣として転生していた元社畜の日本人男性。「可愛いもふもふに生まれ変わったからには!」と人間を探した彼は、無事、騎士のウィオラスに拾われ、アルルジェントという名前をつけてもらった。そうしてルジェと呼ばれるようになった彼は、自分が狐であることを知る。改めて、ウィオラスの「飼い狐」としてぐーたら愛玩生活を送ろうと、愛嬌を振りまくルジェだったが、徐々にチートな力を持っていることが判明していく。そのせいで、本人はみんなに可愛がってもらいたいだけなのに、ルジェの力を欲しているらしい人たちに次々と狙われてしまい――!?　自称「可愛い飼い狐」のちっとも心休まらないペット生活スタート!

●定価：1320円（10%税込）　●ISBN：978-4-434-33603-4　●Illustration：こよいみつき

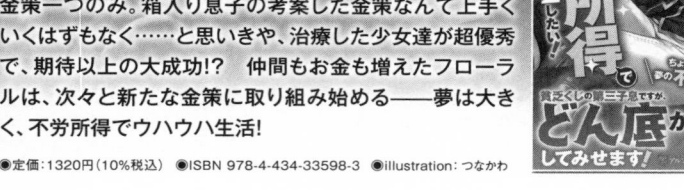

女神様の手違いで異世界転生することになった、拓海《たくみ》。女神様に望みを聞かれ、拓海が『田舎の家で暮らすこと』と伝えると、異世界の山奥に実家の一軒家ごと移住させてもらえることに。転生先にあるのは女神様にもらった、家と《緑の手》という栽培系のスキルのみ。拓海は突如始まったサバイバル生活に戸惑いつつも、山暮らしを楽しむことを決意。薪風呂を沸かしたり、家庭菜園を作ってみたり、もふもふウリ坊を保護したり……山奥での一人暮らしは、大変だけど自由で最高——!?

◉定価：1320円（10％税込）　◉ISBN 978-4-434-33596-9

◉illustration：このいけ

この作品に対する皆様のご意見・ご感想をお待ちしております。
おハガキ・お手紙は以下の宛先にお送りください。

【宛先】
〒150-6019 東京都渋谷区恵比寿 4-20-3 恵比寿ｶﾞｰﾃﾞﾝﾌﾟﾚｲｽﾀﾜｰ 19F
（株）アルファポリス　書籍感想係

メールフォームでのご意見・ご感想は右のＱＲコードから、
あるいは以下のワードで検索をかけてください。

アルファポリス　書籍の感想　検索

ご感想はこちらから

本書は Web サイト「アルファポリス」（https://www.alphapolis.co.jp/）に投稿されたものを、改題・改稿のうえ、書籍化したものです。

偽聖女《にせせいじょ》はもふもふちびっこ獣人《じゅうじん》を守《まも》るママ聖女《せいじょ》となる

k-ing(キング)

2024年 3月 31日初版発行

編集－藤長ゆきの・宮坂剛
編集長－太田鉄平
発行者－梶本雄介
発行所－株式会社アルファポリス
〒150-6019 東京都渋谷区恵比寿4-20-3 恵比寿ｶﾞｰﾃﾞﾝﾌﾟﾚｲｽﾀﾜｰ19F
TEL 03-6277-1601（営業） 03-6277-1602（編集）
URL https://www.alphapolis.co.jp/
発売元－株式会社星雲社（共同出版社・流通責任出版社）
〒112-0005 東京都文京区水道1-3-30
TEL 03-3868-3275
装丁・本文イラスト－緋いろ
装丁デザイン－AFTERGLOW
印刷－中央精版印刷株式会社

ISBN978-4-434-33597-6 C0093